편
지
할
게
요

당신에게부치지못한말
그것들이남아있기에
주소는변했다해도
편지하겠습니다
우표는없지만
괜찮습니다
부질없는
활자들
내가
쓴
편지
좌절한
손목으로
허공을맴돌
무채색의삶을
적어서보냅니다
종착역이없는단어
완벽하지못한문장과
자국으로채워진마음들

편지할게요

편지하겠습니다

문체가 편지를 읽는 것과 같다는 소리를 자주 들었습니다. 누군가에게 전하지 못한 문장이 너무나도 많은 까닭일지 모르겠습니다. 아직도 내 마음에는 흑심이 가득하여 채도 없는 페이지를 남길 수밖에 없습니다.

당신을 만나기 이전부터 나는 자주 구겨지는 삶을 살았습니다.

오래된 버릇처럼 바닥에 구겨 버려진 편지지를 주워담기 시작했습니다. 그 페이지를 하나, 둘 모아보니 책이 되었습니다. 그래서인지 문장이 고르지는 못합니다. 모든 페이지가 죄다 습작인 것처럼 부질없게만 보일지도 모르겠습니다.

목차

1. 멀어짐으로 | 어떤 날은 넘긴다는 것이 남겨졌다는 말처럼 느껴질 때가 많아서, 나는 달력을 쉽게 넘길 수가 없었지.

– 소중한 것은 떠나간다 떠나고 나니 소중했던 것이거나

– 헷갈리는 사랑을 하고 있는 관계가 제일 안타깝다 사랑만큼 분명한 감정 찾아보기가 참 힘든데 말이야

– 네가 나에게 왔을 때에 그 설렘처럼 어느 날 나도 네게 그러고 싶다

– 이별을 다짐하는 순간 그 사람과 헤어질까 말까를 고민하기보다 앞으로 내가 누군가에게 다시 사랑받을 수 있을까라는 고민이 앞섰다

– 여생에 한 번쯤 누군가에게는 바람으로

– 너무 쉽게 잊어버렸다 잊는 것에 비하면

– 사랑한 만큼 아프다 몇 배로

– 이렇게 아플 줄 몰랐다 그렇게 사랑할 줄 몰랐던 것처럼

– 남들과 똑같은 사랑을 하고 똑같은 이별을 하고 조금만 아프고 싶다 나의 사랑은 유독 병들어있다

– 한순간 필요한 사람이었다 오래도록 소중한 사람이길 바랬는데

– 마음만 커져 버렸다 담을 용기도 없으면서

– 너에게 상처 준 그 사람이 뭐가 그렇게 좋다고 왜 또 그 사람 생각이야

– 나쁜 건 너고 아픈 건 나고

– 있어도 그만 없어도 그만이라면 차라리 있어도 그만이길 바랐는데

– 나와 연결되는 그런 사람 우주에 한 명쯤 있었으면 좋겠다 나와 어쩔 수 없이 만나게 될 그런 사람이 우주에 단 한 명이라도 있었으면 좋겠다

– 마음은 외로움을 주식 삼아 생을 연명한다

2. 나아감으로 | 비가 무척이나 내리지 않는 땅은 사막이라 불리운다. 그 땅의 머리에는 울음이 없고, 나는 그것이 건조한 생을 뜻하기도 한다고 생각했다.   212

－ 이렇게 아프고 저려오는데 세상은 나에게 성장통일 뿐이라 말하더라

－ 갈 거면 떠나가라 다신 돌아오지 않을 것처럼 올 거면 내게 와라 다신 떠나가지 않을 것처럼

－ 사랑 받으려 애쓰지 마라 너는 너 자체로 사랑받을 이유가 충분하니까 너는 너대로 참 괜찮은 사람이니까

－ 남을 위해 사는 착한 사람 말고 나를 위해 사는 좋은 사람이 되기를

－ 너처럼 예쁜 꽃을 지나친 사람을 그만 아쉬워하렴

－ 얼마나 좋은 일 있으려고 이렇게 힘들까 얼마큼 행복한 일 생기려고 이토록 아플까

－ 힘든 일 단번에 몰려와 주저앉은 당신에게 행복한 일 파도처럼 밀려와 잠겨버릴 수 있기를

－ 사소한 걱정으로 망친 나의 하루는 결코 사소하지 않았다

－ 가끔은 힘내, 괜찮아라는 위로가 세상에서 가장 잔인한 말로 들릴 때가 있다

－ 슈퍼맨도 늙는다

－ 사과 끝 부분이 맛있는 줄 알았다

－ 답답한 것이 아니라 따뜻함이었네 나가보니 밖은 얼음장이라며

－ 잡을 뻔했던 기회를 놓쳤다고 너무 아쉬워 마라 잡을 뻔했다면 그건 처음부터 네 것이 아니었으니까

－ 늘 잘하진 못해도 잘하는 건 늘 있었다

－ 요즘 힘들어 보인다 괜찮아? 무슨 일 있어?

－ 넌 오늘 정말 잘했다 실수하지 않아서가 아니라 포기하지 않아서 뒤처지지 않아서가 아니라 멈춰 서지 않아서

－ 괜찮다 다 괜찮다

0. 따듯함으로

에어컨을 틀고 따듯한 이불을 덮는 것을 좋아해. 그것은
온기 하나 없는 세상에 당신을 덮는 느낌이야.

사람과
사람 사이
중요한 건
달아오름이
아니라
식지 않는 것

앞으로
나아가는
것이 아니라
처음으로
돌아가는 것

억지라는 사랑

———

어떤 관계이든 간에 나를 위해 억지로라도 무엇인가를 해주는 사람에게, 진심이 느껴지지 않는다며 억지로 하는 것이냐며 투덜대는 것은 잘못된 행동일 수 있습니다. 한 걸음 더 나아가 생각해보세요. 자신이 아닌 타인을 위해 하는 것은 대부분이 억지로 하는 것입니다. 어쩌면 진심이라는 것은 그 마음이 진하게 우러나오는 것이 아니라, 나를 위해 억지로라도 무언가 해준다는 그 사람의 마음 자체가 아닐까라는 생각이 듭니다.

얼마나 놀라운 일이에요. 자신의 시간과 여유를 다른 사람을 위해 희생한다는 사실 그 자체만으로.

마음의 얼룩

———

묻은 얼룩은 바로바로 지우지 않으면 아무리 열심히 닦는다 해도 그 얼룩 자국이 남게 되어있어요. 사람의 마음도 같아. 마음의 얼룩 또한 바로바로 지우지 않으면 아무리 씻는다 해도 지워지지 않는 얼룩이 되어버려요. 그러니 소중한 사람에 대한 얼룩일수록 바로 이야기해서 지워버려야죠. 얼룩이 없는 깨끗한 마음으로 소중한 사람을 바라볼 수 있도록.

"그 사람, 당신에겐 너무도 소중한 사람이잖아."

———

어떤 얼룩은 있는 힘껏 지우려 할수록 딱지가 지지 않아 깊은 흉으로 남을 때가 있는데, 나는 그것을 얼룩이라 부르기엔 너무나도 깊게만 느껴진 탓에 자국이라 부르기도 했다.

맡긴다는 건, 믿는다는 것

사람은 완벽한 존재가 아니기 때문에 누구나 실수와 잘못을 저지릅니다. 사람과 사람 관계에서도 완벽한 관계는 없기 때문에 서로가 잘못을 저지르기 마련이죠. 그러나 진짜 잘못은 그 자체의 '실수'와 '잘못'이 아닌 '이래도'라는 태도입니다. 내가 무슨 잘못을 했음에도 여전히 옆에 있어 주는 사람에 대해 "이 사람은 이래도 나를 좋아하는구나." "이래도 이 사람은 내 옆에 있어 주는구나." 이런 생각을 하기 쉽지만, 그것은 무척이나 잘못된 생각이라는 겁니다.

"아, 그럼에도 불구하고 나를 좋아해 주는구나." "그럼에도 불구하고 이 사람은 내 옆에 있어 주는구나." 이게 맞는 생각입니다. 그럼에도 불구하고 좋으니까 한 번 더 마음을 맡겨보는 거예요. 믿어보는 거예요. 이래도 좋아하는 것이 아니란 말입니다. 부디 자신을 믿어주는 사람을 실망하게 하지 마세요. 마음을 맡기는 사람의 믿음을 저버리지 마시길 바랍니다.

이래도가 아닌 그럼에도.

먼저
다가가는
순간
을이 되는
관계 말고

다가가는
순간
우리가 되는
관계이길

우리에게선 퀴퀴한 냄새가 나

─

비 내리는 풍경은 좋지만, 비가 내리는 것은 싫다는 당신의 말이 내 마음을 적신다. 사랑도 같아. 아무렴, 그 풍경은 좋아. 단지 무차별적으로 내리는 관심과 그 꿉꿉함에 불편함을 느낄 뿐이야. 젖는다, 꿉꿉하다, 우산이 거슬린다, 비 냄새가 싫다. 비가 싫은 이유에 대해 나열하던 그 사람, 마지막 이유를 말하기 전에 조금은 멈칫멈칫하며 어쩐지 나의 눈을 마주치지 못했다.

― 있잖아, 마지막 이유는 조금 복잡해요. 당신도 알겠지만 혼자 원룸에서 살다 보니 집을 나갈 때 이것저것 많은 신경이 쓰여요. 에어컨은 껐는지, 화장실 불은 껐는지, 돌려놓은 빨래가 있는지, 컴퓨터는 켜 놓았는지. 아, 그리고 하나 더 추가할게요. 비가 올 때 창문을 잘 닫아 놓았는지. 비가 오면 창문을 꼭 닫아놓고 나가야 하잖아. 베란다 없는 그 좁은 방에 빗물이라도 들이닥치는 날엔 무슨 참사가 벌어질지 뻔히 보이거든요. 나는 그게 싫어요. 창문을 닫는 것이 귀찮단 건 아니고요, 더운 여름 그 좁은

방 한 칸에 이불도 빨래도 책도 옷도 음식도 함께 있다 보니 환기를 시키지 않으면 금방이라도 퀴퀴한 냄새가 난단 말이죠. 창문을 닫고 외출을 하기라도 하는 날엔 그 퀴퀴한 냄새가 방안을 휘감고 있어요.

당신은 이 꿉꿉함이 느껴져? 나도, 당신도 지금 비가 내려. 그래서 필사적으로 내리는 어떤 관심들이 들어오지 못하도록 좁은 마음의 창을 꼭꼭 닫고 있지. 맞아, 그래서 우리에겐 숨길 수 없는 퀴퀴한 냄새가 나. 얼마나 소중한 것들이 마음 안에 담겨있는지 몰라도 하루 온종일 닫아놓고 있으니 퀴퀴할 수밖에. 나는 그런 미련한 짓 오늘부로 그만하려는데 당신은? 뭐 어때, 당신이 비라면 난 괜찮아. 문 활짝 열어놓고 반길 수 있어. 당신이 이 좁은 마음이라도 들어와 줄 수 있으려나 몰라.

좋아요. 당신만 괜찮다면 그 어떤 마음이라도 들어가 줄 수 있을 것 같은데.

같이 가자

같이 가자. 이 말 너무 좋다. 너의 무엇이 좋아서라는 말보다, 나는 너에게 어떤 사랑을 줄 것이라는 약속보다. 너는 나에게 무엇을, 나는 너에게 무엇을 줄 수 있고 우리는 어느 점에서 서로가 무엇을 배울 수 있다는 논리 정연한 문장 따위 값어치 없어 보이게끔 너에게 말하고 싶다.

같이 가자.

앞에 사막이 있든, 살얼음판이 있든. 겨울이 가고 봄이 가도, 우리 여전히 같이 가자. 꽃이 떨어져도 눈이 쏟아져도 비가 내리고 낙엽이 져도, 같이 가자.

다만, 세상 몇 바퀴쯤 돌고 돌아 다리가 저릴 즈음 너에게 듣고 싶은 말이 하나 있다. 나의 같이 가자는 말을 믿어서가 아니라, 나를 온전히 믿기에 이곳까지 함께 걸어왔다고. 그럼 너에게 하고 싶은 답 하나가 있다. 같이 가자는 말을 지키기 위해 함께 걸어온 것이 아니라, 당신을 지키기 위해 지금껏 함께 걸어온 것이라고.

이제 우리 황혼에 걸터앉아 서로가 지는 모습을 아름답다 말하며 남은 한 바퀴마저 같이 걸을까. 아니면 우리 조금 느린 걸음으로 이곳을 맴돌까. 아냐, 어차피 세상은 돌잖아. 여기 손잡고 누워 별자리가 되어볼까.

그러니까 당신, 같이 가자.

미워도 속상해도 사랑이니까

———

나는 언제나 내가 옳다고 착각하며 살았어요. 엄마 있
잖아요. 엄마는 나와 말다툼한 뒤 내가 학교를 다녀왔을
때 여전히 굳은 얼굴의 나를, 웃는 얼굴로 반겨줬어요. 내
머리가 좀 커서 엄마를 무시할 때쯤엔 큰소리로 화내고
회사를 다녀와도 엄마는 화가 풀어져 있었고, 따뜻한 밥
과 함께 웃으며 반겨주셨죠. 나는 이제서야 그게 너무 속
상해요. 그때는 내가 잘했으니까, 엄마가 잘못했으니까
이렇게 생각했는데 사실은 그게 아니라 미워도, 속상해도
사랑이니까. 사랑이니까, 그랬던 것이었어요.

누군가 다툼 이후에 먼저 손 내미는 사람이 있다면 내
가 잘한 것이 아니라, 내가 무척 잘못한 것이에요. 나는
그 사람의 사랑에 대해서 겨우 그것밖에 못 했다는 큰 잘
못을 저지른 못난 사람이에요. 당신의 사랑이 못난 사랑
으로 기억될 순 없잖아. 가서 안아줘. 먼저 다가가는 순간
을이 아닌 우리가 되는 그런 관계이길 바래요.

미워도 속상해도 사랑이라면 좋겠다. 사랑이라서 속상해지는 건 어쩔 수 없더라.

그저 너의
하루를
알아가고
싶었는데

이젠 너의
하루를
안아주고
싶어졌다

발렌타인

수제 초콜릿을 만드는 마음. 이미 가공되어 있는 초콜 릿을 녹인 다음 하트 모양 틀에 맞게 부어서 다시 가공하 는 것처럼, 이미 완성된 형태의 나를 녹인 다음 사랑의 틀 에 맞게 부어 당신에게 건네. 이것이 너만을 위한 나의 수 제 사랑이야. 나를 녹여서 온전히 너에게 맞게 선물해. 세 상 참 달콤하다 느끼게끔.

청소를 한다는 그 사람

—

　기분이 울적할 때마다 청소를 한다는 그 사람. 그 사람의 집 구석 어딘가, 손길이 쉽게 닿지 않아 먼지가 잔잔히 쌓여있는 곳을 찾아내어 "사랑해요"라는 조용한 내 마음 적어놓아야겠어.

언제가 될지는 모르겠지만 내 마음을 보고 히죽 웃어버릴 당신을 생각하며 따라 웃어버렸다.

사랑해

———

"말라죽으면 어때, 네가 별이라면 나는 말라 비틀어 죽어갈 가치가 있는 삶을 살 거야."라는 문구와 함께 편지를 쓰고 싶었지만, 너에게 더욱더 멋진 글로 마음을 전달하고 싶었기에 쓰는 것을 계속해서 미뤘어. 더 멋진 것으로 감동을 주고 싶고, 더 멋진 문장으로 사랑을 전하고 싶은 마음이야. 더 멋진 사람으로 보이고 싶고 더 어른스러운 사람으로 보이고 싶은 마음이 커. 하지만 가면 갈수록 멋지고 어른스러운 모습은 어디 가고, 어린아이 같은 모습만 보이기 일쑤네.

어제, 너와 심야 영화를 보고 집에 가는 길엔 기필코 멋진 글을 써내리라 다짐하곤 동네를 삥 둘러 걸었어. 그런데 아직도 모르겠다. 마음이 가까워질수록 나는 아이가 되고, 글로 당신을 표현할수록 나의 글은 깊이를 잃어가. 한 달간 너를 위해 쓴 메모장을 들춰보고 만지작거리고, 썼다 지웠다를 반복하면서 내 글은 돌이킬 수 없을 만큼 짧아져 버렸지 뭐야.

사랑해. 겨우 이 세 글자만 덩그러니 남아 버렸어. 사랑해. 너를 표현하는 최고의 문장은 오직 이거야. 사랑해.

사랑이란 단어에는 그 어떤 형용사도 필요하지 않으니까.

완전히
다른
우리가 만나
같은 시간과
공간을
공유하고

서로 닮아
간다는 것

자유로워지는 것

———

흰색의 원피스를 입고 있는 것이 관심이라면, 그것을 더럽히는 것은 사랑이야. 당신을 앞에 두고 흰색 원피스를 입는다는 것은 생각보다 불편했고, 그 순백함이 더럽혀질까 긴 시간 초조했지. 더러운 모습을 보이기 싫은 나에겐 온갖 것들이 눈에 거슬리기 일쑤였어. 길거리 음식을 먹을 때, 커피를 마실 때, 행여 의자에 앉을 때 턱을 괴고 앉아있는 것만으로도. 그 사소한 행동들만으로도 불편함의 연속이라니까. 관심이란 것은 마음과 마음이 함께 섞이게 되기 전에 겪어야만 하는 일종의 예방주사 같은 거야. 그래서 익숙하지 못했던 미열을 겪기도 하는 것이고, 어떨 때는 정말 열병에 걸린 것처럼 치장해서 마음이 시큰거리고 따갑기도 하고 그래. 그래서 결국은 긴장 하나 없이 나태했던 본래의 삶으로 돌아가고 싶을 때가 많았어.

그래, 그 불편함이었어. 연속된 관심으로부터 도망가려고 애쓰게 된 이유 말이야. 근데 이상해. 나는 도망치려고 할수록 자꾸만 당신이 밟혀서 넘어지고 넘어지는 거야. 내 삶의 중심이 흔들리는 느낌이 들기도 하고 어떨 때에는 나를 따라오는 당신이 겁이 나 숨어보기도 했지. 얼마쯤 도망쳤을까. 순백의 원피스는 찢어지고 또 흙먼지가 묻었고, 어떤 날에는 비를 맞기도 했으며 더 빠르게 도망칠수록 흙탕물을 뒤집어쓰기도 했어.

그렇게 시간이 흘러, 어느 날은 숨이 목 끝까지 차올라 잔디에 철퍼덕 누웠는데 그게 너무 편한 거야. 그 순간부터 나는 도망가는 것을 멈추어도 괜찮지 않을까 라는 생각이 들었지.

돌아가려고만 했던 어떤 마음으로부터, 삶으로부터 자유로워지는 것. 더 이상 더럽혀질 수 없는 것. 잃을 것이 없는 것. 내 옆엔 더러워진 나를 보고도 쫓아와 함께 누워주는 당신과, 나와 같이 더럽혀져 있는 당신.

맞아, 그때 알게 되었지. 이것이 사랑이라고.

우리는 서로가 잔뜩 묻어버리게끔 철없는 사랑을 하고.

인터스텔라

　내가 사는 집이 좀 좁긴 해도 침대 하나만큼은 집에 비해 큰 거 알지. 침대에서 뒹굴뒹굴하다가 며칠 전에 너가 했던 말 기억해? 그 얼마 안 되는 직사각형이 우리가 사는 세상 전부여도 행복할 것 같다고. 우리 함께 있으면 그 작은 울타리가 어느 세상보다 넓은 세상 같다고 말이야. 맞아, 나도 같아. 우리가 함께 있는 그 작은 곳이 세상 전부라 해도, 나는 그것으로 다 행복할 것만 같아. 나에게도 너와 단둘이 있는 공간이 그만큼 넓은 세상이야.

　또 우리 함께 있으면 시간이 너무 빨리 간다며 아쉬워서 서로를 쉽게 보내주지 못했지. 맞아. 어제도, 그전에도 그 전전에도 말이야. 그때마다 이렇게 시간 빨리 가서 이 세상에서 우리만 일찍 죽는 거 아니냐는 말도 했잖아. 나는 이 생각 하다 보니까 옛날에 봤던 영화 하나가 생각나더라. 인터스텔라. 난 SF영화에 관심이 많아서 정말 재미있게 봤거든. 행성이 가진 중력의 차이에 따라 시간이 다르게 흐르는 내용의 영화 말이야. 어떤 큰 행성에서는 겨우 몇 분이 되지 않는 시간이 흘렀을 뿐인데, 지구의 시간으로는 십몇 년 정도가 흘렀다는 그 이야기 말이야. 어쩌면 우스갯소리로 들리겠지만 우리가 함께 있는 이 방이, 이 침대가 우리에겐 세상 전부보다 크게만 느껴져서 그렇게 시간이 빠르게 간 걸까 싶어. 우리 서로가 끌어당기는 중력이 참 큰 것 같다고 말이야. 너는 나를, 나는 너를. 우리가 우리를 끌어당기는 이 중력.

그치? 그렇지 않고서야 설명할 수가 없잖아. 널 만나고 몇 계절이 지나도 나에겐 너를 만난 그때마다의 순간들만이 있는 것처럼 느껴지겠다. 시간이 너무 빨리 가서, 단지 어떤 반짝이는 순간만으로. 저기 이어져 있는 별자리처럼 순간의 반짝임들이 이어져 있듯이 말이야. 그 넓은 세상을 뒤로하고 반짝이는 작은 별들이 우리의 전부인 것처럼 말이야. 지나서 뒤돌아보면 참 예쁘기도 하겠다. 그치?

---

interstellar : 행성 간의, 성간의.

운명

당신과 처음 만난 계절은 신기하게도 내가 가장 좋아하는 계절이었고, 당신을 처음 만난 날씨는 신기하게도 어린 시절 첫사랑을 처음 만났던 날씨와 닮아있었다. 우리가 처음 만난 커피숍은 대학생 시절 내가 일을 했던 커피숍이었고, 긴 이야기를 나누고 헤어질 때에 시곗바늘은 나의 생일을 가리키고 있었다.

지금 생각하면 유치한 일이지만 나는 당신을 처음 보며 이런 것들을 생각했고, 이런 것들이 눈에 밟혔다. 당신을 처음 만난 그날을 떠올리면, 우리가 원래 만날 수밖에 없는 운명은 아닐까 하고 분주하게 상상했구나 생각한다. 계절을 이용해서 날씨를 이용해서 장소를 이용해서 시간을 이용해서. 그렇게 나는 우리의 주위를 가득 채우고 있는 모든 것을 이용해 우리가 이어져야 하는 이유를 보물찾기 하듯 마음속으로 요란하게 찾고 있었다.

너무 요란할 때면 마음은 쿵. 쾅. 쿵. 쾅. 거리기도 했다.

주위에 있는 것을 이용해, 우리가 운명처럼 이어지는 장면을 소란스럽게 상상했다.

너가
좋아서
에서

너라서로
바뀌는 것

우연에서 필연이 된다는 것

———

당신과 만난 이후로 줄곧 기적적인 일들뿐이에요. 아니, 당신을 만난 그 순간부터가 기적이에요.

생각해봤어요. 내가 사랑하게 된 당신이라는 사람이 나를 사랑하게 된다는 것 말이야. 내가 흘린 눈물이 증발하고 비가 되어 다시 내 눈에 들어오는 것만큼 기적 같은 일이에요. 저마다 슬픔을 간직한 채로 만나, 슬픔보다 더한 용기로 서로를 받아들이는 것은. 우연에서 필연이 된다는 것은.

오래 남았으면 해요

———

은은한 향수 냄새를 좋아해요. 그런 거 있잖아요. 어떤 사람이 내 옆에 앉았을 때 진하게 풍기는 독한 향기보단 포옹할 정도로 가까이 왔을 때 나를 감싸려고 벌어진 품에서 은은하게 퍼지는 향이 좋아요. 몸이 멀어지면 마음도 멀어진다 하잖아요. 몸과 맘은 언제나 닮았어요. 그래서 나의 맘도 은은한 것을 좋아하나 봐요. 사랑한다는 마음이 확 풍기는, 티가 나는 사랑보다는 은은하게 퍼지는 사랑이 좋아요. 독한 향기에 코가 마비되는 것처럼 서로의 사랑에 익숙해지지 않았으면 해서요. 그게 몇 번 상처를 받아보니까 알겠더라고요. 마음에도 향기가 필요하단 거.

그래서 오늘은 깔끔한 와이셔츠에 넥타이를 매고 향수 두어 번 정도를 뿌려 보려고요. 당신의 집 앞에서 은은하게 표현해야겠어요. 나의 벌어진 품에서 나는 향기로 말이야. 부디 익숙해지지 않기를 바래요. 당신에게 은은한 향으로 오래 남았으면 해요.

늦지 않게 와줘서 고마워

———

늦었지, 기다리게 해서 미안해라고 말하는 너에게 대체 지금이 몇 시냐고 말하면서 삐뚤어진 입을 쭈욱 내밀었어. 그대로 휙 고갤 돌리고 밤하늘을 바라봤지. 저기 저 별빛들 말야, 참 아름답기 그지없더라. 사실은 나의 눈에 들어오기까지 수많은 시간을 달려왔겠지. 수없이 긴 어둠을 뚫고 왔겠지. 그렇게 몇십 광년을 달려와 마침내 눈 안으로 들어온 저 별빛을 보며 당신을 생각했어. 나는 그 순간 쭈욱 내민 입술을 그대로 너의 이마에 착륙시켰어.

"기다리게 하긴, 고마워. 내 인생에 늦지 않게 도착해줘서 고마워."

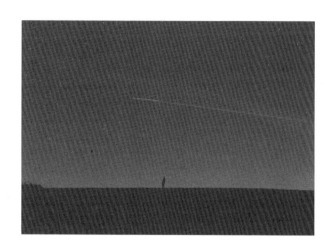

어떤 별은 우리에게 빛나 보인다 하여도 이미 죽은 것일 수도 있다는 말을 듣고 사랑도 무척이나 그럴 수 있겠다 생각했습니다. 늦기 전에 고맙다는 말을 전하고 싶었어요. 고맙습니다.

당신은
나를

좋은 사람이
되도록
만들어요

마음을 구길 순 없기에

자존심을 구긴다는 것은 그 사람에 대한 마음을 구길 순 없기 때문이에요. 몇 학년이었는진 정확히 기억이 안 나는데요. 초등학교 다닐 때 단짝 친구 집에서 친구 엄마가 해주신 어묵튀김이 정말 맛있다고, 이렇게 맛있는 음식은 처음 먹어본다고 집에 가서 엄마한테 자랑했어요. 그땐 정말 어렸어요. 나이도, 생각도. 지금 생각하면 엄마가 얼마나 속상하셨을까 싶어요. 세상 모든 어머니들은 음식에 대한 자부심이 있잖아요. 분명히 자존심 상했겠죠. '내가 해준 음식들은 투정만 하더니.' 속으로 이렇게 생각하셨겠죠. 그런데 일주일 정도 후에 엄마는 친구네 집에서 먹었던 어묵튀김을 똑같이 해서 그대로 만들어 주셨어요. "아들 이거 좋아한다고 했었지."라고 말하면서 말이죠.

맞아요. 연인이나 친구, 또는 가족의 사이에서 자존심 한 발짝 죽이고 그 사람을 위해 무언가 해주는 것. 그 사람을 위해 나를 죽이는 것. 그것이 사랑이에요.

사소함

———

　많이 사랑할수록 사소해지세요. 사랑한다는 것은 그 사람에게 사소하다는 것. 사소하다는 것은 그 사람에게 그만큼 집중하고 있다는 것.

———

모든 사랑의 위대함은 사소함으로부터.

이해되는 사람이 있다

세상 사람들 전부가 내 마음을 잘 알아주는데 오직 그 사람만이 내 마음을 몰라주는 것 같은 기분. 나는 늘 그 사람을 미워하면서 사랑했고, 나를 떠나간 것에 대해 미워하고 살아왔다. 하지만 먼 시간을 지나와서 생각해보니 그 것과는 사뭇 다른 마음이었구나. 이 세상에서 그 사람만이 내 마음을 가장 잘 알아줬으면 하는 나의 욕심 아닌 욕심 이었구나. 제 욕심에 못 이겨 나는 당신을 떠나보냈다.

폭 익은 과일이 저 스스로 무게를 못 견뎌 떨어지듯 저 멀리 매달아 놓은 나의 응어리진 마음이 툭 하고 떨어져 저 아래로 굴러간다. 어느 틈에 새싹을 피워서 빳빳하게 자세를 세운 나의 자존심이 바람 제법 차게 불어오는 가을이 되어서야 고개를 푹 숙인다. 시간이 지나면 풀리게 되는 마음이 있고 이해되는 사람이 있다. 어떤 이유로 어떤 시간으로 인해서. 또 먼 시간을 돌고 돌아 이제서야 도착한 그때 그 사람의 사랑으로 인해서.

당신으로부터 배운 깊은 마음 중에 하나. 시간이 지나면서 고마워지는 사람. 나를 좋은 사람으로 바꿔주었던 사람.

사랑하는
사람이
원하는 걸
기억하는 것은
타오르는
사랑을
만들어 주지만

사랑하는
사람이
싫어하는 걸
기억하는 것은
꺼지지 않는
사랑을
만들어 준다

사랑한다는 공통점

———

　인연이란 기적입니다. 사람은 태어난 시점부터 자라난 환경, 키워준 부모, 어울리며 지내온 친구, 배우고 싶은 취미, 하고 싶은 일, 꿈꿔왔던 이상형, 좋아하는 음식, 싫어하는 냄새. 하나부터 열까지 전부 다릅니다. 그래서 인연이 기적이라 불리는 것은 전혀 과장된 말이 아닙니다. 하나부터 열까지 다른 사람이 언제, 어디서, 어느 순간 만나 서로를 알아보고 이어진다는 것이니까요. 인연이 된 두 사람은 전혀 다른 공간을 살아왔고, 인연이 이어진 그 순간 또한 어떻게 보면 다른 공간을 살고 있습니다. 그래서 이론상으로 사람과 사람이 잘 맞는다는 것은 불가능합니다.

　하지만 이론과는 반대로 정말 잘 맞기 쉬운 게 사람 관계입니다. 사람과 사람 관계는 톱니바퀴입니다. 서로 잘 맞는 것의 정의는 서로 어긋나는 부분이 없는 게 아니라, 조금씩 어긋나 서로의 빈 곳을 채워주는 것입니다. 서로 엇갈린 톱니가 물려 물 흐르듯 돌아가는 것처럼 말이죠.

그래서 잘 맞는다는 정의에서 가장 중요한 건, 다수의 공통점을 가지고 있느냐 아니냐보단 서로 같은 방향을 향해 돌고 있는가, 아닌가입니다.

그렇죠. 이러한 이유로 사람과 사람 사이의 관계가 잘 맞는다는 것은 서로 비슷한 점이 많다는 것과는 굉장히 무관합니다. 모든 게 달라도 서로 좋아한다는 공통점만 있으면 그 관계는 참 잘 맞는 관계가 될 수 있다는 거죠.

당신과 나의 마음은 어디를 향해 돌고 있는 것일까. 같은 방향일까.

사랑은 주는 것이다

———

　백과사전을 열면 세상 모든 지식이 있다고 하던데 그곳에 너의 사랑을 얻는 지식이 없길래 문득 '사랑'이란 단어를 찾아봤다.

　사랑 : [명사]

　　1. 어떤 사람이나 존재를 몹시 아끼고 귀중히 여기는 마음. 또는 그런 일.

　아, 사랑은 무언가 얻는 게 아니었다. 주는 것이었다. 그것도 아주 조심스럽게.

마음을 머물게 하는 방법

———

　새로 산 흰색 와이셔츠 단추에 더러운 때가 묻지 않을까 비누로 손을 씻고 단추를 잠그는 세세한 마음. 새로 산 신발의 등 부분에 주름이 생기지 않을까 발목을 뻣뻣하게 세우고 걷는 어색한 걸음걸이처럼. 귀찮기도 하고 어색한 행동일지 몰라도, 누군가를 새것의 마음으로 꾸준히 바라보는 것. 바라보는 마음을 행동으로 표현하는 것. 내 사람의 마음을 머물게 하는 가장 현명한 방법이다.

늘 새로운 마음으로 바라보는 것. 소중함을 익숙함으로 속여서 사랑하지 않는 것.

누군가의
기준으로
좋은 사람이
되는 것보다

누군가에게
좋은 사람의
기준이
된다는 것

향초

향초 같은 사람이 되고 싶어요. 인생은 속도가 아니라 방향이라고 하잖아. 난 그 방향이 어떠한 길을 가리키는 방향이 아니라 향초의 향이 내 방안을 가득 채우는 의미의 방향이라고 생각해. 맞아, 그래서 당신에게 있어 나의 인생은 속도가 아닌 방향이길 원해. 은은하게, 당신에게 부담스럽지 않을 정도의 온도와 향으로 방안을 가득 채울 거야. 언젠가 당신의 코가 나의 향에 익숙해질 때쯤엔, 당신의 허한 바람이 나에게 불겠지. 그것도 괜찮아. 향초는 그 불이 꺼질 때에 가장 좋은 향이 나잖아. 타는 심지가 꺼지면서 내뱉는 그 향기가 나를 다시 한번 봐달라는 것처럼 강하잖아. 당신이 나의 사랑을 꺼버리려고 할 때는 나의 모든 것으로 당신을 붙잡을 거야. 단순히 은은하기만 한 향초는 싫어.

내게 가진 심지가 없다면 기필코 나를 태워서라도 당신을 비추는 것이 되고 싶어.

연애 말고, 사랑해요

———

서로 보듬어줘요. 맘껏 기댈 수 있도록, 서로 굳건하기
로 약속해요. 사람이란 언제나 부족하기에 함께 세상을 배
워 가요. 천천히, 그러나 느리지 않게 채워 가요. 그리고
이제 너와 나, 구분 짓지 말고 우리라고 부르도록 해요.

아. 너무 돌려 말했죠. 그러니까 내 말은 연애 말고,
사랑해요. 우리.

안기는 꼴이었다

———

팔을 벌려 안아주려고 했지만 늘 내가 안기는 꼴이었다. 생각해보면 삶도 사랑도 관계도 늘 그렇게 흘러갔고 그렇게 마무리되었다. 어떤 일이 있어 위로를 주기 위해 만난 친구에게 되려 위안을 얻었고, 따뜻하게 안아주고 싶은 사람에게 난로보다 따뜻한 다정함을 느끼곤 했다. 또 명절을 맞아 들린 고향 집 골목골목의 분위기는 나만을 기다렸다는 듯이 나를 안아주었다. 날씨에 따라 제법 차가워진 살갗이 무색할 만큼 따뜻하게 말이다. 매번 먼 길을 삥 둘러 찾아간 것은 나인데, 그것들은 되려 나의 길을 찾아주었다. 집에선 들어선 엄마가 나를 반긴다. 나는 이제 이만큼이나 커서 엄마를 안아줄 수 있는데 엄마는 내 품 안에 들어와 나를 안아주었다. 등을 토닥여주면서 말이다. 보고 있음에도 너무 보고 싶어서 꽈악 안을 때마다 나는 포옥 안기곤 했다.

누가 누구를 먼저 안아주는 것은 별 소용이 없고 다 쓸모없는 계산이라는 것. 나는 미련하게도 그 사실을 모르고 살았구나. 살아가는 것에 있어 누가 누구를 안아주거나 누가 누구에게 찾아가거나 하는 것들. 전부 무의미한 계산이었구나. 왜 그동안 많은 것들에게 사랑받고 싶어서 안아달라고 했는지 또 관심받고 싶어서 심술을 부려왔는지 위안받고 싶어서 전화를 기다렸는지. 어쩌면 이제는 좀 놓을 수 있을 것 같아. 그런 것들 전부 쓸모없는 계산이니까. 우리 엄마도 그렇게 살아왔을까. 나를 따뜻하게 안아주면서 나에게 안겨왔을까. 우리 집 강아지도 그래왔을까. 나를 향해 포옥 안기면서 나를 꼬옥 안아줬을까.

사랑하는 것들을 꽈악 안을 때마다 나는 포옥 안기곤 했다.

삶에
사람에
힘들어도

삶에
사람에
치유받고
살아갑니다

누군가의 무엇

———

어딘가에 기댈 힘 하나 없는 아버지는 자신에게 기대고 있는 자식을 보고 힘이 난다. 사람은 누군가의 무엇이 되기 위해 살아간다. 누군가의 아버지, 누군가의 어머니, 누군가의 연인, 누군가의 친구.

그래서 기댈 힘조차 없다는 말이 가끔씩 누군가가 나에게 기대줬으면 한다는 말로 들릴 때가 있다. 사람은 자신이 소중한 존재임을 평가받는 순간 소중해지기 때문이다.

삶에 사랑에 사람에

사람에 힘들고 사랑에 아프고 삶에 지쳐도, 삶에 사랑에 사람에 치유받고 살아갑니다. 힘들고 지칠 때에 힘내라는 말이 그렇게 잔인하게만 느껴지는 이유는, 힘든 와중에도 힘을 내야 한다는 절박한 상황보다 나는 그 사람이 아무 말 없이 안아주기를 바랬지만 그게 아니었던 탓이겠죠. 잊혀질 거라는 위로보다는 친구의 전쟁 같던 사랑 이야기를 들으며, 아 쟤도 나처럼 아팠구나. 이렇게 위안을 받습니다. 참 기쁘기 그지없어야 하는 어머니의 생신날 위에서 내려다본 어머니의 머리에는 어느새 흰머리가 가득하십니다.

그렇죠. 그래서 우리는 삶에 사랑에 사람에 힘들고, 삶에 사랑에 사람에 치유받고 살아갑니다. 언제나 그랬듯, 앞으로도 그렇게.

사람에 힘들고 사랑에 아프고 삶에 지쳐도, 삶에 사랑에 사람에 치유받고 살아갑니다.

잊는다는 거

————

감정이 사라졌어도 기억은 우리의 머릿속 어딘가에 꼭 있습니다. 언젠가 작은 서랍에 숨겨져 있던 옛 연인과의 오래된 커플링처럼, 형태는 잃어버리지 않았지만, 감정은 전부 없어져 버린. 그렇게 찬란했었고 이제는 빛바랜 것들 말입니다. 오랜 세월이 무색할 정도로 아직까지도 아름다운.

나는 그런 빛바랜 것들을 보며 생각합니다. 잃어버리진 않았지만 잊어버린 것들이 참 많다고. 아니 그것보단, 잃어버리지도 잊지도 않은 것들을 참 많이 잊어버렸다고. 커플링을 맞추던 때를 떠올려봅니다. 가벼운 주머니 사정에 꼬깃꼬깃 모아두었던 돈을 털어 반지를 맞추었던 때를. 손가락의 치수를 정확히 몰라 휴지로 만든 반지를 채워주겠단 장난을 건네며 치수를 가늠해 보았을 때를. 반지에 대해 아무것도 몰라 이것저것 알아보았던 때를. 또 그것을 손가락에 끼워주었던 감동적인 순간을.

그 짧은 시간마다의 설렘을 기대를 행복함을 전부 잊어버리고 산지 오래지만, 웬일인지 기억은 없어지지 않고 남아있는 걸 보면 잊는다는 거, 생각보다 복잡한 일일지도 모릅니다.

우리는 모두 잊어버릴 순 없지만 잊어버린 기억을 하나씩 담아두며 살아갑니다. 단맛이 쏙 빠져버린 껌을 질겅질겅 씹는 것처럼. 질겅질겅. 꼭 그렇게 곱씹다 보면 그때의 감정은 단물처럼 쏙 빠져있고 그 껍데기만 남아있게 되는 것이죠.

어쩌면 서랍 속에 숨어있던 옛 연인과의 커플링을 보고도 아무렇지 않다는 것 자체가 정말 슬픈 일일지도 모릅니다. 하지만 생각합니다. 그 덕에 지금 감정이 생생하게 살아있는 기억을 차곡차곡 쌓아갈 수 있다고.

이제는 빛바랜 커플링처럼 감정은 없는 기억만 무던히 쌓이는 것이 아닌, 지금 내 곁에서 생생하게 느껴져 만질 수 있을 것만 같은, 곱씹을 때마다 단물이 진하게 느껴지는 그런 살아있는 기억을 만들고, 또 쌓아갈 수 있는 것이라고.

그렇게 생각해 보면 슬픈 일이지만, 어쩌면 잊는다는 거. 신이 내린 축복일 수도 있겠습니다.

잊는다는 거 생각해보니 참 복잡하지만, 축복일 수도 있는 그런 일인 것 같습니다.

1. 멀어짐으로

———————

어떤 날은 넘긴다는 것이 남겨졌다는 말처럼 느껴질 때가
많아서, 나는 달력을 쉽게 넘길 수가 없었지.

소중한 것은
떠나간다

떠나고 나니
소중했던
것이거나

마법이 풀리는 것

———

    불안할 때마다 손톱을 물어뜯던 그 사람. 그때마다 나는 어린애같이 보인다며 물어뜯지 말라고 했다. 횡단보도를 건너며 휴대폰을 만지작거리던 그 사람에게, 휴대폰 좀 만지면서 걷지 말라고 니가 어린애냐고. 하나하나 다 일러주어야 하냐고. 그랬었다. 따뜻한 봄 날씨 덕일까. 그날은 하나둘씩 사람들이 밖으로 나왔고, 조용하던 카페는 이내 북적거렸다.

    그 사람은 오늘 심각하게 불안해 보였지만 손톱을 물어뜯지 않았다. 나쁜 예감은 벗어난 적 없다 했던가. 촉이 맞았다. 지친 기색의 목소리로 잘 지내라는 한마디를 남긴 후 자리를 박차고 일어난 그 사람의 걸음걸이는 너무 냉정했다. 휴대폰 따위 볼 틈도 없이 앞으로 성큼성큼 걸어나가던 걸음걸이만이 기억에 남는다. 나의 눈은 카메라 렌즈에 물방울이 맺힌 것처럼 눈물이 맺혔고. 수많은 사람과 장면, 분위기가 전부 포커스 아웃되어 그 사람의 뒷모습만이 진하게 남았다. 어린애로만 알았던 그 사람이 어른 같아 보이던 날 내 심장은 파랗게 질렸다. 나는 아이

잃은 부모가 아닌 부모 잃은 어린아이가 되었다.

언제나 그 사람의 웃음은 어린애처럼 헤퍼 보였다. 내가 웃는 것이 그렇게도 좋았던 것일까. 늘 웃는 나를 따라 아무 이유 없이 헤벌쭉한 웃음을 보일 때가 많았다. 하지만 그날 그 사람은 슬퍼하는 내 눈을 보고, 아무 이유 없이 슬퍼해 주지 않았다. 그 사람의 표정은 시체처럼 경직되어 있었다.

변한다는 것의 진정한 의미는 생각보다 깊다. 그것은 사귄 디데이 날짜를 까먹는 것이, 잠들기 전 잘 자라는 안부의 문자를 빼먹는 것이 아니다. 마냥 어린애 같은 그 사람이, 나와 만나기 전의 그 의젓한 모습으로 돌아가는 것. 마법이 풀리는 것. 한 번 풀리면 다시 돌아올 수 없는 것. 그리고 나는 다시 어린아이로 돌아가 홀로 남게 되는 것. 잡을 손이 없어지는 것. 그래서 이 세상이 나에게 등 돌리는 것 같은 기분. 그래, 적어도 나는 그랬다.

내가 당신을 잃고 아이가 되었을 때 나는 지독하게도 마법이 일어날 것이라고 믿었다. 절대 일어나지 않을 일이었지만, 당신이 되돌아오는 꿈을 자주 꾸었다. 그렇게 다 큰 어른은, 마법이 일어날 것이라고 지독하게 믿었다. 지독하게도 믿었다.

시간과 같아

———

"당신이 가장 소중하다고 생각하는 것이 뭐야?"

글쎄… 지나가면 돌이킬 수 없는 것들 아닐까. 예를 들면 시간. 그 사람은 시계가 없는 나의 손목을 검지로 툭건드리며 말했다. 돈은 좋긴 하지만 금방 닳아 없어지잖아. 내가 만들 수도 있고. 하지만 시간은 달라. 돌이킬 수 없지. 잡을 수 있는 것도 아니고… 그렇다고 만들 수 있는 것도 아닌 게, 언제나 쉽게 떠나가기 마련이야.

"맞아, 나도 당신 생각과 같아. 하지만 조금은 다른 이유로."

나는 휑한 손목을 다른 한 손으로 감싸며 말했다.

당신이 말한 돌이킬 수 없는 것들보다는, 흔한 것들이랄까. 시간과 같이 언제나 나의 주변을 맴돌고 있는 것. 예로 들면 엄마가 된장찌개를 끓이기 위해 파를 송송 써는 소리. 아니면 아빠가 화장실에서 담배를 태우고 샤워를 했을 때 나는 샴푸 향기와 담배 냄새가 섞인 고소한 냄새. 우리 집 강아지가 발톱으로 나를 깨우는 간지러운 느낌 같은 것들. 맞아, 그런 것들. 대부분 소중하다고는 알고는 있지만, 그저 그렇게 흘려보내는 것들. 마치 시간처럼 말이야.

그냥 내 생각인데, 당신이 무언가를 가리킬 때 검지만 쭉 세워서 건들거나 하는 행위 같은 것이 소중하게 느껴질 때에도 당신이 내 곁에 있을까? 소중한 것은 쉽게 떠나가지 않아. 내 주위엔 떠나가보니 소중한 것 투성이인걸.

그러니까 내 말은 흔한 것이 가장 소중하다는 것이 아닐까라는 말이야.

사소한 편지

———

사람 대 사람으로서의 사랑이 빠져나가 있는 사랑. 종종 느낀다. 사람 마음이라는 것이 알 수 없다가도 본질적으로 들어가 살펴보면 단순하기 짝에 없다. 속마음을 터놓을 수 있는 유일한 친구인 권이는 제법 부유한 가정에서 태어났다. 예전에는 그것을 좋아하고 은근 과시하기도 했는데, 나이가 좀 들고나니까 이제는 그게 참 싫다고 하더라. 부모님은 자신에게 어떤 실수를 하거나 큰소리로 화를 내시면 꼭 그날 용돈을 줬었다고 말이다. 어릴 땐 편하고 좋았는데, 점점 그게 싫었단다. 꼭 돈으로 사람의 마음을 달래는 것 같아서 말이다.

상황에 맞게 내가 쉽게 가질 수 없는 것에 끌리는 것. 또 내가 잘할 수 있는 것으로만 상대의 마음을 상대하려 하는 것. 애석하게도 이 두 가지가 사람의 마음의 끝이라는 것이다. 마음 대 마음으로 이어가는 관계라 자부하더라도 끄집어내서 보면 서로가 서로에 관한 깊은 탐구도 없이, 본능적으로 그 두 가지로만 마음을 주고받는 경우가 많다. 그래서 상대는 무엇을 원하고 있던지 내가 잘할 수 있는 방식으로만 사랑을 표현하고, 또 상대가 표현하는 방식이 이렇더라도 내가 받길 원하는 마음은 딱 정해져 있는 것이다.

그러니 불만족스러운 관계가 이어지는 일이 허다하다. 사랑은 종종 사람의 눈을 멀게 해서 많은 관계에서 여자 대 남자로서의, 곧 이성으로서의 사랑만 넘치는 상황이 무척이나 많다. 사람 대 사람으로 상대하는 마음이 어느 순간 사랑에 갈리고 갈려서 무뎌지는 것이다. 삶에 대한 응원이나 사소한 고마움 같은 여러 관심이 사라지는 것이다.

오직 사랑. 사랑만 주면 풀어질 것 같아서 사랑만 해주면 치유될 것만 같아서. 사랑만 해주면 쭉 이어갈 수 있을 것만 같아서. 그 때문에 사랑을 해주고 있고 받고 있는 것으로 보이는데 한 편으로는 서운함이 생겨난다. 그 서운함은 쌓이고 쌓여서 불필요한 다툼이 생기고 결국은 충분히 주었던 서로의 사랑에 대해 자존심을 세우고 서로에게 솔직하지 못한 채 헤어지기도 한다.

사랑. 그놈의 사랑 때문에 사랑에게서 멀어지는 꼴이다. 처음에는 사랑을 듬뿍 받는 느낌이라 좋겠지만 결국 상대도 나도 점점 지치는 것이다. 서로가 어떤 잘못을 저질러서 또는 어떤 서운한 점이 생기면, 먼저 그것을 메꿔

줄 더 큰 사랑으로 보답하려고 하기 때문에.

권이는 살면서 자신이 정말 사랑했던 첫사랑과 헤어질 때 내가 참으로 자신의 부모님같이 사랑했구나, 생각했다고 했다. 학창시절에 만나 군대까지 기다려준 여자친구. 물론 그 이후에도 오래 만났던 여자친구. 학교에 다닐 때 자주 주고받던 쪽지, 군대에 있을 때 오갔던 편지들. 그 자주 나눴던 마음을 담은 종이를 군 전역 이후엔 써본 적이 없었다고. 분명 사랑하는 사람인데 그 작은 것 하나가 생각나지 않았다더라. 큰 선물을 준비하기도 했고, 몇 주년을 기념해 어디로 여행을 가는 것에는 참 많은 신경을 썼는데, 정작 상대가 원하는 것은 달랑 편지 한 통처럼 사소한 것이었다고. 헤어지기 전에 여자친구가 이 말을 던졌을 때 꿀 먹은 벙어리가 되었다고 했다.

"참으로 익숙했던 네 글씨체를 기억해야만 하는
날이 오기도 했어."

그 짧은 대화를 끝으로 둘은 헤어져야 했다고 말이다. 결국, 그것이었단다. 부모님이 용돈으로 자신의 마음을 메꿔주려고 했던 것처럼 자신은 더 큰 사랑으로 개의 구멍 난 곳을 메꿔주려고 했다고. 헤어지고 나서야 왜 나는 개가 살면서 힘들다고 한 것들에 대해 따뜻한 편지 하나 건네주지 못했나 싶더라고 말이다.

사랑. 그놈의 사랑 때문에, 사랑으로부터 멀어지는 꼴이었다.

헷갈리는
사랑을
하고 있는
관계가 제일
안타깝다

사랑만큼
분명한 감정
찾아보기가
참 힘든데
말이야

바람 불면 추위

바람 불면 추위. 그 애는 항상 바람 불면 춥다는 말을 입에 달고 다녔다. 꽃구경을 하던 어느 4월의 밤, 지칠 대로 지친 나는 저녁에 시작할 불꽃놀이까지 기다리기 귀찮아 그만 들어가자 말하며 내 손을 꼬옥 잡고 있는 그 애 손을 툭 쳤다. 생각이 난다. 그 애는 내가 친 손을 자연스럽게 자신의 가슴 쪽에 가지고 갔다. 그리곤 좀 어벙하게 서있었고, 손으로 가디건을 여민 후 내가 입었던 셔츠의 단추까지 잠가주곤 바람 불면 춥다고 했다.

언젠가였다. 그 아이는 춥지 않은 날조차 바람 불면 춥다는 말을 입버릇처럼 툭툭 내뱉었기에 나는 큰 소리로 그 말 좀 그만하라고 했던 적이 있다.

나는 잘해준 것도, 아니, 해준 것도 하나 없이 그저 그런 보통의 커플들처럼 200일 남짓 되어 끝이 나는 연애를 했다. 그때 그 아이는 작은 손으로 날 잡으며 흐느꼈고, 나는 동정심과 죄책감을 느껴 울었다. 며칠 전은 매년 따듯했던 내 생일의 근처, 그러니까 4월의 중순치고는 바람이 꽤나 쌀쌀했다. 그래서 그날 밤, 문득 바람 불면 추워라는 말이 생각났다. 아니 정확히는 그 애가 생각났다. 바람 불면 춥다 말하며 잠가주었던 셔츠가 생각나서 그날 내가 입고 있던 셔츠의 단추를 잠그곤 집으로 향했다.

곰곰이 생각해봤다. 바람 불면 춥다는 말, 그 말 있잖아. 그 애는 추울 때가 아니라 내가 쌀쌀맞게 굴 때마다 바람 불면 춥다고 한 것 같이 느껴져. 그 애는 바람 불면 춥다는 말로 내가 쌀쌀맞게 굴면 자신이 아프다는 말을 하고 싶었던 것일까. 정확히는 모르겠다. 이야기의 끝이다. 그때 우리는 따뜻했다. 하지만 바람이 일고, 이내 추워했다.

바람이 불면 추워. 네가 나를 쌀쌀맞게 대하면 아파.

키스가 좋아

—

"내가 더 열심히 사랑해주면 그 사람도 예전처럼 돌아올 수 있을 거야. 난 그렇게 믿어."

"나는 키스가 가장 좋아. 서로의 숨을 나누는 거잖아. 온전히 사랑을 주고 사랑을 받는다는 느낌이었어. 그 사람의 들숨이 나의 날숨을 가져가고, 그 사람의 날숨으로 내 들숨을 채우는 그런 느낌. 그래. 내가 이별을 결심한 때가 그때였나. 있잖아, 언젠가부터 숨이 턱턱 막히는 거야. 죽어가는 사랑을 살리려 인공호흡하고 있는 느낌이랄까. 키스를 하는데 나 혼자 아등바등 그 사람의 숨을 채우고 있는 듯한, 그런 느낌. 그렇게 질식할 것 같은 나를 보고도 그 사람은 조금의 숨조차 나눠주지 않았지. 그때 이건 죽은 사랑이라는 것을 알게 되었어.

사랑은 있잖아, 둘이 하는 거야. 네가 아무리 숨을 준다고 해도 그것이 살아나진 않아."

아등바등 살려보겠다고 숨을 불어넣는 나를 보고도 꼼짝하지 않았던 매정한 사람이 있었지.

변화한다는 것

———

오늘은 힘주고 닦느라 뭉개져버린 칫솔이 보기 싫어서 새것으로 갈아치웠다. 다 쓴 치약 껍데기를 버리고 새것으로 대체했다.

이제는 지속할 수 없는 어떤 것을 버리고 새것으로 갈아 끼우는 것. 어떻게 말하면 변화라는 것이나 새 단장을 하는 것. 그것을 행하는 주체의 삶에선 늘 있던 일처럼 겪어왔던 것. 하지만 소모품에게는 생에 단 한 번 경험해볼 수도 있는 것. 그러기에 피해자의 마음은 자신이 쓰레기처럼 생각될 수도 있는 것이었다.

참 웃기기도 했다. 나의 마음이 누군가에겐 한낱 소모품에 불과했다니 말이다.

우리의 관계는 계절이 변하면서 한 학급의 반을 옮기듯 자연스럽게 떨어져사는 일이 많았고 그만큼 사이가 멀어져갔다. 나에게는 내어줄 마음이 바닥을 보이는 과정이었고 그 사람은 없는 마음을 쥐어짜내는 과정이었겠지. 저기 버려진 치약처럼 말이다. 집에 들어와 이를 닦아내는 내내 눈물이 렌즈를 비집고 나와 흘러내렸다.

나는 이별 후에 지금껏 우리의 관계가 한순간 변해버렸다고 생각했지만, 사실 변한다는 것은 단번에 변하는 것이 하나 없었다. 한순간 변한 것처럼 느껴지더라도 말이다. 따뜻한 날의 푸른 잎은 점점 갈색의 색이 짙어지다가 빨갛게 색을 입기도 하고 우수수 떨어지기도 했다. 시간이 지나 돌아보았을 때엔 어느새 푸른 잎은 없어지고 단풍이 들어있었지만, 그 사이엔 점점 붉게 변화하는 과정이 있던 것이다.

내 손에 쥐어든 칫솔도, 그것에 묻은 치약도 같았다. 단번에 변하는 것 하나 없다. 점점 시들어가거나, 혹은 메말라가거나 소모되는 과정이 있었다. 그 사실을 무척이나 잘 알고 있으면서도, 사람의 마음은 늘 다르게 다가오는지. 멀어지거나 바닥을 보인다거나 쥐어짠다거나 하는 과정들. 머리로는 다 알고 있었지만 그렇다고 해서 설마 내가 버려지기나 하겠어 생각했던 것이다. 설마 변하기야 하겠어. 나를 매정하게 버릴 사람은 아니었기에. 나를 소모품으로 생각할 사람은 절대 아니었기에. 내가 깨우치기 전까지 나는 굳게 믿고 있는 것이다. 그럴 사람 전혀 아니고, 나 또한 그런 취급을 받는 사람이 아닐 것이라고.

그러다 저기 쓰레기통에 버려진 치약과 칫솔처럼 통하고 버려졌을 때에 나는 우리가 변했다고, 이제는 내가 단지 소모품이었다고 생각되는 것이다. 어떤 순간 때문에 변한 것이라고. 어떤 이유 때문에 사정 때문에 그리고 감정 때문에 한순간 버려진 것이라고. 미련한 사람처럼 말이야.

계절이 수없이 변했더라도 푸른잎과 빨간잎만이 기억되는 것처럼. 단절된 신호들처럼. 툭 툭 끊겨서 사랑했었고 어떤 일이 있어서 이별했다 정도의 농축된 과정으로. 어쩌면 그랬다. 처음도, 그 과정도 나는 소모품이었지만 사랑할 때엔 지독히도 모르고 사랑했지. 모든 과정이 이별이었는데. 이별이었고, 이별로 향하고 있었는데. 바보처럼 나만 모르고 말이야.

처음 시작부터 이별로 향한 것이었고 그 끝도 이별이었는데 나만 바보처럼 모르고 지독하게 당신을 믿고 있었는지. 나는 처음부터 소모품이었는데 말이야.

네가 나에게
왔을 때에
그 설렘처럼

어느 날
나도 네게
그러고 싶다

야생화 핀 다리

네가 보내준 사진 중에 야생화 핀 다리 사진. 거기 오늘 지나가다 봤어. 지나가면서 익숙하길래 갸웃거리고 다시 한번 보니까 그때 네가 보내준 사진 속 풍경이었더라고. 그 순간 뒤돌아서 한 몇 분 멍하게 서 있었어. 그냥 그때 사진 찍던 넌 어떤 모습이었을까 잠깐 동안 느끼고 싶어서. 그때 네가 느낀 바람, 온도, 생각 그리고 설렘은 무얼까 하면서.

그렇게 빤히 몇 분 바라보다 터져 나오는 눈물 참아내고 힘차게 다시 갈 길 갔다. 그때 네가 보낸 이 풍경은 나 이렇게 눈물 흘리라고 보내준 게 아니었을 테니까.

바위섬

작은 바위섬이 파도와 바닷바람에 깨져서 바위가 되고 그 바위가 깨져서 돌이 되고 돌과 돌이 부딪쳐 그 돌이 깨지면 자갈이 되고 자갈이 깨져 모래가 되면 그 자잘한 모래들이 파도에 밀려와 바위섬보다 큰 섬을 이룰 겁니다.

내 안의 커다란 뭉텅이의 그리운 마음이 깨져서 외로움이 되고 외로움과 외로움이 부딪쳐 외로움이 깨지면 괴로움이 되고 그 괴로움이 깨져서 고독이 되고 그 자잘한 고독들이 새벽이 되면 다시 몰려와 그리운 마음보다 갑절은 큰 당신을 이루듯 말입니다.

새벽이 되면 이곳저곳 눈에 밟히는 당신의 흔적들보다 조금 더 일찍 잠들어야만 했다.

문득,

———

길을 걷다 문득 네 생각이 들었다. 내가 지나가고 있는 이 거리, 너도 지나간 적 있을까. 영화를 보다 문득 네 생각이 들었다. 내가 보고 있는 이 영화, 너는 누구랑 보고 있을까.

문득 생각이 나서 나도 모르게 너의 생각으로 잠겨버렸다. 문득 네가 나타나 나도 모르게 사랑에 잠겨버린 그 날처럼.

문득 생각난다는 것은 그 어느 때라도 그것을 마음에 간직했다는 것이다. 난 당신과 함
께했던 거리를 지나갈 때마다 문득, 당신의 향기를 맡아버리곤 했다. 그 어느 때라도 당
신의 향기를 마음에 간직했다는 것이다.

이별을
다짐하는
순간
그 사람과
헤어질까
말까를
고민하기보다

앞으로 내가
누군가에게
다시
사랑받을 수
있을까라는
고민이
앞섰다

그냥 싸웠어

———

"왜 갑자기 그렇게 된 거야."

"그냥 싸웠어."

"그냥 싸웠어."라고 말했다. 참 웃긴 게, 모든 추억과
정 그리고 함께한 시간을 뒤로한 채 매가리 하나 없이 끝
나버렸다. 사실 그냥 싸웠다고 끝날 그런 사람이 아니었
는데. 아니, 어쩌면 그런 사람이 아니라 더 그렇게 말할
이유가 있다.

늘 그랬다. 말하기 너무 버거워 표현하기조차 힘들 때
에는 "그냥." 소중한 사람에게 서운함을 표현할 때에는
"화 안 났어." 언제나 이렇게 짧게, 짧게 답해왔다. 소중
하면 소중할수록, 또는 마음이 아프면 아플수록, 힘이 들
면 들수록 밖으로 나오는 문장들은 압축되고 짧아진다.

그래서 어느 순간 알게 되었다. 짧고 압축된 말의 무게
를. 누군가 " "라고 짧게 말할 때면 그 무게가 어느 정도
예상되곤 한다. 아, 이 사람이 얼마나 상심이 컸으면. 이
렇게. 아무리 짧다고 해도 그 사람이 내뱉는 말엔 항상 무

게가 있으니. 그 말 한마디에는 그 사람의 소중한 무언가의 무게가 담겨있으니. 그러니 내가 "그냥 싸웠어."라고 꺼낸 그 한마디엔 너와 나의 사랑이, 함께한 시간의 무게가 담겨있을 테지. 그 무게는 내 생각 이상으로 무겁고 벅차서 난 "그냥 싸웠어."라는, 어쩌면 빙산의 일각과 같은 조그마한 부분으로 가볍게 표현했다. 너무 무겁기 때문에 그렇게 표현해야만 했다. 너란 빙하를, 우리의 겨울을.

말은 무게를 가지고 있다. 어떤 문장은 너무나 무거워서 뱉어내려고 하면 자꾸만 고개가 숙여지기도 했다. 그럴 때마다 나의 눈은 발끝을 보기 바빴다.

담백한 이별

———

우리의 이별의 맛은 닭가슴살같이 담백했다. 소금기 하나 없이. 나는 도저히 헤어지잔 말을 입 밖으로 내뱉을 수 없어, 병신같이 그 사람 입에서 우리 관계에 대한 이야기가 나오도록 했다. 먼저 이 사랑의 끝에 대해 화두를 던진 그 사람의 딱딱한 말투에 굳이 긴 문장으로 늘어뜨려 답을 하지 않았다.

마음은 어지간히 아팠다. 마음에 불이 완전히 꺼지기 직전, 동정이라는 작은 불씨가 나의 새벽을 괴롭혔다. 허나 아픈 마음 내보이면 꺼져가는 불씨에 바람을 불어넣는 것 같아, 숨기고 숨겼다. 자신 없는 사랑을 가지고 가기엔 무서웠다.

다짐한다. 어떠한 사람의 마음을 머물게 하기 전엔 이 무서움을 간직하자고. 자신 없는 만남은 시작하지 말자고. 눈물은 흘리지 않았다. 오랜 시간 이별을 준비한 탓이다.

나는 담백했지만, 그 사람에게는 퍽퍽한 이별이었다.

나의 눈물이 우리의 이별에 떨어져 조금이라도 스며들었다면 그 사람 목구멍에도 쉽게 넘어갔을 이별이었을까. 목구멍 중간에 막힌 이별이라는 묵직한 덩어리 때문에 말라비틀어진 쉰 목소리로 안녕이라 말하는 그 사람의 말투가 눈에 선했다. 미안하지만 대체로 이런 이별에 만족한다. 어차피 동정 따위 없애버려야 할 이별이었기에. 짜지 않은 이별을 해야 했기에.

그 누구에게도 담백한 이별은 없다.

믿어보기로 했어

———

　이별하지 못해 사랑하고 있는 그 친구에게 헤어지라고
말하지 못했어. 나도 알아. 내가 눈먼 친구 하나 제대로
조언해주지 못하는 못난 친구라고 생각해. 그런데 있잖
아. 죽지 못해 아등바등 살아가는 사람에게 죽으라고 하
는 것은 너무 마음 아프잖냐. 이별하지 못해 아등바등 사
랑하는 개도 같잖아. 이별하라는 말은 이별하지 못해 사
랑하고 있는 개한텐 죽으라는 말 아니겠냐고. 나는 있잖
아, 그래서 그냥 믿어보기로 했어. 아플 가치가 있는 사랑
이니까 개가 그렇게 아파하고 있을 거라고 믿어보기로 했
어. 그래, 나는 믿어보기로 했어.

다들 알고도 그렇게 바보같은 사랑을 하더라고. 이미 죽은 사랑인 것을 알고도 차마 놓
지 못하더라고.

여생에
한 번쯤

누군가
에게는
바람으로

정동진

열아홉 살 성인이 되기 직전 마지막 밤에 한 일은 그 애와 정동진으로 향한 것이고, 스무 살 새해 첫 시작을 기점으로 한 일은 그 애와 풍등에 소원 적어 밤하늘에 날린 일이다.

서로의 소원을 보여주진 않기로 했지만 그 애의 소원이 너무 궁금해서 눈을 흘깃거렸다. 그 애의 풍등에는 '행복'이라 쓰여있었다. '행복'이라는 단어 뒷부분은 그 아이의 코트 소매에 가려져 보이지 않았다. 어림잡아 "행복하게 해주세요." 혹은 "행복한 새해가 되도록 해주세요."라는 포괄적인 소원이라고 생각했다.

달리는 기차에서 풍등에 소원을 적는 탓에 내 필체는 악필일 수밖에 없었다. 신이 있다면 내 소원을 알아볼 수나 있을까라는 나의 물음에 그 아이는 신이 한국어를 알기나 할까라고 말하며 히죽 웃었다.

그 애와 나는 그날 밤 성인이 되었고 둘은 미열 가득한 밤을 보냈다. 우리는 그날, 새벽을 통째로 빌려 많은 대화를 나눴다.

"무슨 소원 빌었어?"

그 애가 팔베개를 하고 있는 내 어깨에 대고 아기 새처럼 속삭였다. 기대고 있는 그 애의 머리에 입을 바짝 붙이고 말했다.

"비밀로 하기로 했잖아."

"치사해. 나는 비밀이라고 해도 말할 거야. 네가 행복했으면 좋겠다고 빌었어."

그 애가 얼굴을 내 어깨에 파묻은 탓에 히죽 웃는 미소가 어깨에서 가슴까지 곧장 전해졌다. 나는 그날 기차에서 그 아이가 "행복하게 해주세요."라는 소원을 적었기를 바랬다. 내가 풍등에 악필로 "이 사람의 소원을 들어주세요."라고 적은 까닭이다.

그날 밤하늘에는 풍등이 조만한 불씨가 되어 흩어졌다.

그 애와는 여럿 추억거리가 가득했지만, 이 장면만은 인화된 사진처럼 선명하게 윤곽이 잡혀있다. 사라져가는 풍등과 정동진 그리고 미열 가득했던 첫 경험.

작년 새해에는 가야지, 가야지 했지만 여유가 없어 미루기 바빴던 정동진으로 향했다. 그 애와의 정동진 이후 처음으로 가는 걸음이었다. 그곳은 스무 살의 밤과 다를 것 없는 곳이었다. 정동진역에는 크리스마스트리가 있었고, 여전히 풍등축제를 즐기러 온 연인들로 가득하였다. 변한 것이 있다면 오로지 나 하나였다.

그날 밤에는 그 아이와 함께했던 밤과 같이 풍등을 준비해 갔다. 나는 이날 어떤 말을 해야 할지 알고 있었기 때문에 풍등에 대고 소원을 적지 않았다. 적는다는 것은 기억하지 못한다는 의미이기 때문이다. 언젠가 다시 정동진에 가게 된다면 또는 풍등을 날리게 된다면 이라는 생각으로 많은 새벽을 그려왔다. 직접 와보니 내 생각보다 조금 더 포근한 분위기가 맴돌고 있었다.

그날 밤은 스무 살의 밤을 연상하듯, 날린 풍등이 조마한 불씨가 되어 홀연히 흩어지고 있었다. 나는 이때라고 생각하며 하늘을 바라보고 말했다.

"고맙습니다."

사라져가는 풍등을 향해 고맙다는 독백을 했다. 눈에 맺힌 눈물 때문인지 묻혀가던 풍등의 불씨가 단번에 큰 모닥불처럼 검은 밤하늘에 번졌다. 나는 슬프진 않았지만, 어떤 울컥한 감정과 잊어버릴 것만 같았던 아련한 분위기에 휩싸였다. 그 언제나 말하고 싶던 말.

"그때에 나의 행복을 빌어준 당신에게 참 고맙습니다."

그 애의 소원은 지구 몇 바퀴를 돌아 그날 밤에야 나에게 도착했다.

　"고맙습니다."

　그때에 나의 행복을 빌어준 당신에게 참 고맙습니다.

눈 쌓인 운동장

나 지금 너네 집 근처 운동장이야. 너네 동네에서 얼마 지나지 않는 곳에서 만나기로 한 친구가 한 명 있거든. 일찍 나온 김에 겸사겸사 한 번 들렀어. 이 운동장에서 우리 발자국을 남기며 몇 바퀴 뺑 둘러 걸었던 거 기억나? 매년 쌓일 듯이 눈이 오면 새벽같이 만나 처음으로 발자국을 남기곤 했잖아. 유난히도 조용한 너네 동네 운동장에는 언제나 우리의 발자국만이 가득했었지. 보여? 어제 새벽부터 눈이 내리더니, 이곳에도 소복하게 쌓여있어. 너는 아무도 들르지 않아, 하얀색 도화지처럼 순백한 이곳을 좋아했어. 나는 언제나 가장 먼저 눈을 밟는 것을 너에게 양보했고, 그런 너는 나를 보며 히죽 웃었지. 두 걸음쯤 먼저 가서, 나를 향해 안아달라고 팔을 벌리는 너에게 가면서 내 발밑에는 뽀드득 뽀드득. 아, 시간이 벌써 이렇게 됐네. 나 이제 친구 만나러 가야 할 것 같다. 어… 여기에 내 발자국은 찍지 않고 갈게. 이제는 누군가와 함께 발자국 찍으러 올 당신이잖아. 다행이야. 안녕.

멍한 표정으로 소복이 눈 쌓인 운동장을 바라보다 미소 머금고 다시 뒤돌아섰다. 누군가
와 함께 발자국 찍기 놀이를 할 네 생각이 나서.

그래, 그 아이

꾸미지 않은 모습이 참 아름다운 그 사람. 그 사람이 요즘 치마를 입고, 향수를 뿌리고 다녀. 아, 내가 그 사람에게 해줄 수 있는 것이 생각났어. 이제 막 사랑을 시작하는 그 사람에게 잘 번지지 않는 마스카라, 그리고 좋아하는 복숭아색의 립스틱을 선물할 거야.

그 순간, 나는 어떤 아이가 떠올랐어. 먼발치 바다를 향해 모래사장을 뛰어가는데 발에 밟힌 작은 조개껍질같이 내 마음에서 밟힌 어떤 아이가. 그래, 옛날에 그 여자아이. 아직은 봄이 모습을 감춘 매화의 계절, 추위로 달아오른 빨건 손과 사랑 가득한 웃음으로 문자를 주고받던 그때에 나에게 수줍은 얼굴로 장갑을 선물했던 그 아이. 기억나, 활짝 웃고 있었지만 눈가에는 촉촉하게 슬픔이 스며있던 그 아이. 그래, 그 아이. 지금의 나와 너무도 닮은 그 아이.

지금은 누군가에게 따듯한 장갑을 선물 받고 있기를 바래.

너무 쉽게
잃어버렸다

잊는 것에
비하면

그건 잊지 못하고 살아가는 거잖아

———

아 그때 분명 지웠다고 생각했는데 말야. 어느 날엔 휴지통을 정리하다가 예전에 지웠다고 생각한 네 사진이 담긴 폴더가 남아있더라. 다신 그 사진들 볼 자신이 없어서 그날 완전히 삭제했다. 근데 또 웃긴 게, 어느 날엔 시작 버튼을 누르니까 불러올 수 없는 형태로 다정한 이름의 사진들이 널브러져 있더라. 혹시 몰라서 눌러보니까 불러올 수 없는 파일이라고 말이다. 기억이란 거 참 끈질기기도 하지. 그거 하나하나 지워서 뭐하나 생각하고 그냥 두기로 했다. 다른 파일에 언젠간 밀려서 사라지게 되겠지. 이렇게 말이다. 이름만 보아도 선명하게 무슨 사진인지 기억나는 것이 참 웃기기도 하고.

소연아. 잘 지내? 나 이제 새로 시작하려고 하는데 네 모습이 뚜렷해서 한 번 불러봤다. 그동안은 잘 생각나지 않아서, 그래서 잊었다 생각했는데 다시 사랑이라는 거 시작해보려니까 네가 생각났다고 말야. 원래 이것저것 잘 까먹고 다니는 사람이 어쩌 너는 이렇게나 잘 기억하고 있는지 모르겠다. 너는 나보고 기억력 나쁘다며 붕어라고 많이 그랬었지 아마. 그런 나는 붕어 같은 나와 비교하면 넌 기억력이 참 좋다면서 머리칼을 쓰다듬어주기도 하고 말야. 어느 날은 네가 뜬금포로 물었지. 기억력이 좋다는 건 기억을 잘하는 걸까 아님, 잘 잊지 못하는 것일까 하고. 그때 내가 한 말 기억나? "멍청아 둘 다 같은 말이야." 이런 식으로 말했잖아. 근데 멍청한 건 나였어. 이제 와서 느낀 건데 좀 다른 게 있긴 하더라. 기억을 잘하는 건 기억하려고 노력해서 기억하는 것이고 잊지 못하는 건 기억하려고 하지 않아도 기억되는 거고. 그치? 붕어가 3초 전에 있었던 일을 기억하지 못한다 해도 아가미로 숨 쉬는 것은 잊지 못하잖아. 그건 기억하는 것이 아니라 잊지 못하고 살아가는 거잖아.

소연아 잘 지내? 나는 이렇게 잊지 못하고 살아가는 중이야.

지표

———

살아가다 보면 조금씩 변화한 나를 깨닫게 해주는 어떠한 지표 같은 것들이 있다. 한참 살을 뺄 때에는 열심히 운동해봐야 줄어들지 않는 몸무게에 많이도 실망했지만 어느 날에 입어본 청바지가 예전과는 다르게 헐렁하게만 느껴질 때에. 또는 긴 시간이 흘러 찾아간 나의 초등학교와 운동장은 예전엔 참 넓고 높게만 느껴졌는데 언제 내가 이렇게 커버렸나 싶게끔 느껴질 때에 말이다. 물론 내 키보다 몇 배는 큰 운동장과 학교가 작게 생각될 만큼이나 내 키가 큰 것이라고는 생각하지 않는다. 다만, 내가 겪어온 세상이 어느새 내가 다니던 학교가 작아지게 느껴질 만큼이나 컸었구나. 내가 그만큼이나 성장했구나. 이런 생각들 말이다.

청바지와 학교 따위와 같이 언젠가 나의 삶에는 당신이라는 이름으로 지독한 지표 같은 것이 자리 잡고 있던 것이다. 당신도 그런 지표 중 하나였음을, 당신을 다시 마주치고 나서야 깨닫다니. 사람이 참 무감각하게끔 살아왔구나 생각이 들었다. 나를 언제까지고 조여올 것만 같은 당신이었지만, 얼굴을 마주 보고도 숨이 막히지 않는 것을 보면 끝나지 않을 것 같은 나의 이별도 이제는 정말 끝이 났구나. 했다. 언제까지고 나의 마음을 조여오던 삶이 제법 헐렁해졌다. 당신의 얼굴을 보고도 엎드려 울지 않을 수 있다니. 제법 당당한 걸음으로 또각또각 스쳐 지나갈 수 있다니.

나에게 너무 큰 존재였던 것처럼 느꼈던 당신의 존재가 내 앞에서 아무것도 아닌 듯 작게만 느껴지는지. 당신을 잊어버리겠다 다짐한 나의 마음이 이렇게나 커진 것일까. 아니면, 나는 언제까지고 딱 당신만큼의 세상을 살 것만 같았는데, 어느 순간 나의 세상은 당신의 기준을 벗어난 삶을 살고만 있었던 것일까.

그래. 살아가다 보면 조금씩 변화한 나를 깨닫게 해주는 어떠한 지표 같은 것들. 헐렁해진 것을 몸소 느끼게 해주거나. 나도, 내가 경험한 세상도 이렇게 작았었구나 하는 것들. 당신 같은 것들. 당신으로부터 나와서 당신으로부터 깨닫게 되었다. 정확히 그런 것이었다. 당신으로부터 도망쳐왔던 삶이 지구 한 바퀴를 돌아 다시 당신을 마주했을 때 도망쳐온 거리만큼이나 당신과는 멀어진 것 같은 그런 기분.

사랑하는, 애정했던 나의 당신아

—

  집필 기간에는 원고가 마음에 들지 않는단 핑계로 세상에 내보여질 나의 글들을 수정하는 과정을 무던히 반복한다.

  예로 <사랑하는, 영원한 나의 당신아> 따위의 문장에서 '사랑하는,'이라는 문구가 현재형인 것이 영 슬픔이 덜 묻어 나오는 문구 같았다. '사랑했던' 정도의 과거형으로 바꾸면 적당하겠다. 또 '사랑'이라는 단어보다 '애정'이라는 단어가 조금은 더 덤덤해 보일 것 같았다. 그리고 쉼표를 없애 문장의 호흡을 짧게 바꾸어야겠다 생각했다. 나는 이 문장에서 이제는 과거형이 되어버린 사람에 대한 슬픔을 덤덤하게 표현하고 싶은 것이었다. <애정했던 영원한 나의 당신아> 정도로 바꾸면 딱 좋겠다.

  원고를 탈고하는 과정에서 바꾸고 싶은 단어나 문장은 [←]지우기 버튼으로 지우고 새롭게 적는다. 하지만 나도 모르게 지우기 버튼 옆의 [insert]인설트 버튼을 누르는 일이 종종 생긴다.

나는 인설트 버튼을 연신 누르곤, 기존의 단어들이 지워진 줄 착각하고 수정할 단어를 적는다. 하지만 그것은 덧씌운 격이었다. 지워진 것은 없었고, 입력한 단어의 수만큼 뒤의 문장만이 지워져 간다. 또 그러면서 쓰여져간다. <사랑하는, 영원한 나의 당신아> 따위의 문장이 <사랑하는,애정했던나의 당신아> 따위로 바뀌어 쓰여진다.

나의 삶은 수정을 거듭할수록 당신이 기록되는 것이었다. 묘한 일이었다. 빈틈 하나 없이 당신을 사랑하고, 애정했었다 나의 당신아.

지우려고 했지만, 자꾸만 덧씌여지는 당신이었다.

사랑한
만큼
아프다

몇 배로

버스정류장

"버스정류장이 뭐야 오빠. 버정이라고 하는 거야."

사당역 앞에 버스정류장 있지, 거기서 볼까? 라는 나의
물음에 그 아이는 이렇게 말했다. 책을 좋아하는 것, 맞춤
법을 잘 아는 것과는 무관하게 줄이는 습관은 여느 젊은
이들 사이에선 늘 있는 습관이다. 겨우 다섯 해의 차이일
뿐인데 이리도 뒤처졌나. 중학교 시절, 아버지에게 갤러
그보다 메이플스토리가 재미있다며 나의 멋진 캐릭터를
보여줬을 때 나오는 시큰둥한 반응이 이젠 나에게서도 나
오고 있었다.

"다섯 글자 발음하기 싫어서 줄여 말하는 거야?"
"뭐야, 요즘은 다 줄여 말하거든? 아저씨 같아."

그 애는 발끈했다. 시큰둥한 나의 반응에서 나오는 격
한 말투가 참 재미있던 탓일까. 나는 일부러 줄일 수 있는
문장을 길게, 아니, 짧지 않게 표현했다.

버스정류장 버스카드충전 핸드폰게임 스타벅스 프로

필사진 카카오톡. 또는, 늦었으니 집까지 바래다줄게. 날도 추운데 왜 이렇게 짧은 옷을 입고 나왔어. 여기 내가 자주 먹는 곳인데 정말 맛있더라, 먹으러 가자. 핸드폰 보면서 횡단보도 걷지 말라고 했지 그러다 다친다니까.

그래, 그랬다. 어쩌면 나는 그 아이의 마음을 줄일 수 없어 길게 늘여 적었을지도. 사랑에는, 문장에는 가끔씩 줄이는 것이 필요할 때가 있다. 그것을 알았을 때에는 이미 지나간 버스를 잡으려 발버둥 치며 달리고 있는 내가 있었다. 그 많은 문장을 단지 '사랑해'라는 말로 줄였다면 어땠을까. 그랬다면, 그 아이에게 그저 아저씨 같은 오빠로만 남지는 않았을까.

오늘은 사당역에서 수원역까지 조금은 돌아서 가는 701번 버스를 탔다. 사당역에서 타는 버스 중 이 버스만이 그 아이의 집을 스쳐 지나간다.

시간이 많이 늦었다. 집까지 바래다줄게.

소유권을 잃은 마음

————

당연한 것을 받아들이지 못하는 마음. 소유권을 잃은 마음이라고 불렀다. 겨울이 왔는데도 추워지는 것을 인정하지 못하고 자꾸 얇은 옷을 고르게 되는 마음. 또 아직도 밖은 아직도 따뜻할 것이라고, 창가에 비치는 햇살을 보고 믿는 것. 정확하게는 믿으려고 하는 것. 손을 잡으면 따뜻해지는 것처럼 멀어지면 당연히 쌀쌀해지는 것을 왜 인정하지 못했을까. 잡을 손이 없어지는 것을 왜 받아들이지 못했을까.

이제는 정말 사람도 물건처럼 쉽게 포기하고 아쉬워하기만 할 수 있다면 참 좋겠다. 소중한 물건을 어디에 놓고 왔는지 기억이 나지 않는 것처럼, 노력조차 할 수 없도록 잃어버리면 다신 내게로 돌아올 것이라는 헛된 망상 같은 거 품지 않을 것만 같아서. 그럼, 단지 잃어버린 것에 대한 푸념만 할 수 있을 텐데. 어쩐지 내가 바닥에 주저앉아 엉엉 울고 있으면 내 어깨를 툭 건들고 나 여기 있다고, 이젠 잃어버리지 말아 달라고. 그렇게 말해줄 것만 같아서 내 베갯잇은 마를 날이 없었다. 단지 똑같기만 했던 나의 모습이 질려버려서 잠시 떠나간 것이라고. 그렇게 생각하며 내 모습을 바꾸어보고 울리지 않는 핸드폰을 붙잡고 있던 날이 늘었다.

소유권을 잃어버린 마음. 이미 지나간 것을 자꾸만 되돌리려고 하는 마음. 또 잃어버린 것이 기적같이 다시 돌아올 것이라 믿는 마음. 또 내가 어떻게든 되돌릴 수 있을 것만 같은 마음. 다 그랬다. 아무리 많은 이별을 연습해왔더라도 좀처럼 익숙해지지 않은 것이었다. 그래서 언제까지고 그 사람을 잃어버렸던 곳에 나 혼자 방황하게 되는 것. 찾을 수 있을 것만 같아서, 그래서. 고개를 숙여 발끝을 바라보는 날이 많았다.

다시 돌아와 줄 것만 같아서, 왜 잃어버렸냐고 내 앞으로 와서 푹 안길 것만 같아서, 나마저도 당신을 잊어버리면 다신 이어질 수 없을 것만 같아서.

비밀번호

　오랜 시간 들르지 않아 비밀번호를 잊어버린 쇼핑몰의 비밀번호를 찾기 위해 인증번호를 받으려면, 메일주소로 입력된 포털사이트의 비밀번호를 찾아야 하는 아이러니한 해프닝이 일어났다. 기억나지 않는 비밀번호를 찾기 위해 기억나지 않는 비밀번호를 찾아야 하는 헛웃음 나오는 상황이었다. 포털사이트에 여러 가지 비밀번호를 적어보았지만, 비밀번호가 일치하지 않는다는 팝업창만이 뜨고 있다. 예전에는 숫자로만 입력해도 가입되었던 많은 웹페이지들이 보안상의 문제로 숫자와 영문의 조합을 요구하기 시작했고, 그 이후로는 대문자 소문자 영문이, 그 다음으론 특수문자까지 들어가야만 회원가입이 되었다. 그 때문에 저절로 예전에 쓰던 단순한 비밀번호를 잊어버린 것이다. 아니, 잊어버렸다고 하기엔 조금 다른 느낌이었다.

　어릴 때만 해도 숫자로 이루어진 비밀번호로도 가입이 되었었는데, 대학생 정도 되어선 영문이 섞여있어야 가입이 되었고, 얼마 지나지 않아 영문 소문자, 대문자가 함께 섞여 있어야 했다. 특수문자까지 들어가야 하는 것은 요 근래부터 차츰 보이기 시작했다. 그런 일련의 과정을 통해 하나둘 내 비밀번호에 살이 붙어가는 것이었다. 어릴 때에는 단순한 비밀번호를, 대학생 때는 조금 더 복잡한 비밀번호를 또 그다음엔 더욱더 복잡한 비밀번호를. 이렇게 매번 조금조금씩 달라진 것이었다.

그래서 잊어버렸다 말하기는 좀 그렇고, 뭐랄까. 너무 살이 붙어버렸다고 해야 할까. 기억이 너무 많아져 버려서 '미처 생각할 수가 없다' 정도면 적당할 것이다. 사실 기억이라는 것이 그렇다. 어떤 계기로 잊게 되는 것보다 어떠한 일련의 비슷한 기억들이 쌓이고 쌓이다 보면 잊어버린 척하는 것이다. 특히 오래된 습관일수록 완전히 잊는 것이 불가능하고 무던히도 잊어버린 척을 반복한다. 조금만 뒤적뒤적하다 보면 어딘가에 콕 박혀있던 기억의 조각은 내 마음을 툭 하고 건드린다. 잊었던 날들이 무색할 만큼 참 쉽게도. 그러나 가볍지만은 않은. 인화된 사진처럼 명확하게 윤곽이 잡혀있지만 오래되어서 발색된 기억들.

기억이란 거 참 우습기도 하지. 살이 붙어버려서 잊어버리게 되다니 말이다. 기억에 기억이 붙어서 기억이란 덩어리가 커지면 전의 기억은 밀려나게 되는 것이다.

어떤 비밀번호를 썼었는지 통 기억이 나지 않아 계속 틀려버린 탓에 입력횟수를 초과해서야 비밀번호 찾기를 눌렀다. 질문에 대한 답변을 적어 본인을 확인하라는데, 질문에는 '사랑하는 사람'이라 적혀져 있다. 아 저때 나는 누굴 그렇게 사랑했었을까. 맞아, 당신이었구나 하고 그때 애인의 이름을 적어 비밀번호를 찾았다. 다른 사람의 이름으로 인해 본인인증이 완료되었다. 잊어버리고 살았었던 어느 사랑하는 사람의 이름을 떠올리고 나서야 그 기억 속의 나란 존재가 완성된 것이다.

기억에 기억에 기억이 붙어서, 너무 많은 살이 붙어버려서 잊어버리고 살았던, 그때에 나의 행복을 빌어주던 이름. 나의 첫사랑.

웹페이지에서 나의 비밀번호라며 알려준 번호는 어느 영문도 특수문자도 없이 단순했다. 단순한 숫자의 반복. 그래. 저 때는 이 숫자들처럼 참 단순하게도 사랑했지. 지금과는 다르게 순진무구하게도 사랑했었지 하는 마음이 들었다. 또 이렇게 나의 특정한 기억은 너무나 살이 붙어버려서 잊고 사는 척하다가도 툭 하고 어떤 계기로 인해 물밀듯 밀려온다. 그렇다고 해서 매번 슬프다거나 힘들다거나 한 것은 아니다. 단지 그렇다는 것이다. 첫 키스를 할 때에 그 떨림이 오늘 밤을 가득 채우겠구나. 애인을 처음 잃었을 때의 씁쓸함이 나를 또 찾아오겠구나. 이 정도의 적절한 설렘과 씁쓸함 정도. 단지 그것뿐.

비밀번호를 찾다가 오랜 당신이 생각나 버렸다. 기억이란 것 참 우습기도 하지.

기억에 기억에 기억이 붙어버려서 한때 소중했고 나의 전부였던 당신의 기억까지 밀려나 버렸다. 기억이라는 거 참 우습기도 하지.

이렇게
아플 줄
몰랐다

그렇게
사랑할 줄
몰랐던
것처럼

어느새 계절이 찾아오듯

얼마 전에 정말 사랑했던 애인과 헤어진 친구는 어두운 표정으로 말했습니다.

마음을 도려낸 것처럼 아프다고. 영영 이렇게 아플 것 같다고. 만약 슬픔이 끝나게 된다면 그것도 그것대로 너무 아플 것 같다고. 이 아픔이 언제쯤 끝날지 가늠할 수가 없다고.

나는 말했습니다. 네가 언제쯤 따뜻해지냐고 노래를 부르고 다녔던 작년의 겨울을 한번 생각해보자고.

"그러니까, 우리 언제 겨울이 끝났더라? 언제쯤 봄이 왔더라? 몇 월 며칠 몇 시에 겨울 끝나지? 그리고 언제 봄이 오지? 또 여름은? 가을은? 그래. 아마도 답을 할 수 없겠지. 언제까지고 추울 것 같던 겨울이 생각지도 못한 새에 새싹을 틔우고 다시 초록빛이 온 세상에 물들듯. 가을, 그 언젠가 뒤돌아보면 낙엽이 켜켜이 쌓일 만큼 나무가 횅해지며 눈이 내려오듯, 상실의 아픔도 같지 않을까.

언제까지고 아플 것 같은 네 마음도 아마 그런 것 아닐까. 언제라고 생각할 새도 없이, 그러니까 금방은 아니겠지만 생각지도 못한 때가 되면 저절로 괜찮아지고, 또 그럭저럭 견디게 될 날이 오는 것 아닐까.

어느 날 제법 두꺼운 잠바를 장롱에 걸어놓고 가벼운 옷을 꺼내는 마음으로. 그렇게 너의 무거운 마음도 고이 접어놓게 될 날이 오겠지. 위로가 될지는 모르겠지만, 꼭 그럴 거야. 아주 자연스럽게 계절이 변하듯, 저마다의 아픔과 슬픔도 변해있을 거야. 아름다운 추억으로 고이 간직할 수 있게 말이야."

언제 만나게 되었냐는 듯 사랑에 빠지고, 언제 그랬었냐는 듯 잊게 되는 것이니까. 우린 꼭 계절처럼 말이야.

잘 지냈으면 좋겠습니다

———

핸드폰이 고장 나서 새 핸드폰을 장만하고 메신저를 다시 깔았습니다. 추천 친구에 당신이 있더군요. 당신의 메신저에는 새로운 친구로 내가 나왔겠죠. 그것을 보고 몇 시간을 헤매었습니다. 나는 당신의 연락처를 지운지 오래입니다만, 당신이 나왔다는 것은 아직 내 연락처를 지우지 않은 탓이겠지요.

지우지 못할 기억인가요 지우지 못할 사람인가요 지울 필요조차 없을 기억인가요 너무 작아 지울 생각조차 없을 사람인가요 우리의 대화가 너무도 아까워 지우지 못하는 것인가요 아니면 끝까지 착한 사람인 척하는 건가요. 나는 당신을 삭제했지만 당신을 삭제하지 못했고, 당신은 나를 삭제하지 않았지만 나를 삭제시켜 버렸습니다. 당신과는 상관없이 당신이 생각납니다. 부디 이번을 마지막으로 잘 지냈으면 좋겠습니다.

당신에게는 참 미안하지만, 나를 지우지 못할 사람으로 기억했으면 좋겠습니다.

결로현상

———

   어쩌면 당연한 일이었다. 우리 집 벽지에 곰팡이가 피는 이유 말이다. 유독 내가 살았던 곳마다 벽지 안에서부터 곰팡이가 피기 시작했고, 이사를 갈 때쯤엔 그 곰팡이가 밖으로 나와서 '나 여기 있어요.' 생색내는 꼴이었다. 그래서 살던 집을 떠날 때마다 주인집에게 핀잔을 듣기 일쑤였다. 왠지 모르게 내가 살던 곳마다 스산한 곰팡이가 피는 것이 이쯤 되면 나는 어떤 액운을 옮기고 다니는 들쥐가 아닐까 싶었다. 곰팡이는 습기가 많은 곳에 생긴다던데, 어쩌면 눈물이 많아서일지도 모르지 따위의 신빙성 없는 생각들과 함께 말이다.

   참 피곤한 집착이지만, 나에게는 깊이 사랑했던 사람과 헤어지고 나서 꼭 이사를 해야만 하는 강박관념 같은 것이 있었다. 누구는 머리를 짧게 자르기도 하고 누구는 사진을 지우는 식으로 슬픔을 떨쳐내려고 하지만, 나는 사랑을 참 많이도 나눴던 방안 구석구석을 도저히 똑바로 쳐다볼 용기가 나지 않아서. 그래서, 사는 곳을 옮겨야만 했다.

늘 느끼는 것이지만 이삿짐을 꾸리면서 챙기는 물건보다 버리는 물건이 많았다. 어쩌면 짐을 꾸린다는 것이 누군가는 물건을 챙기는 행위에 가깝게 생각되겠지만, 나에게는 그와 반대로 어떤 것을 버리는 행위에 가까운 것이었다. 습관처럼 배어있는 어떤 사람과의 기억을 버리려는 부질없는 행위였다.

새로 이사를 가게 된 곳의 주인아주머니는 방을 보여주며 이것저것 말을 꺼냈다. 이 방은 통풍이 잘 안 되는 곳이라 여름엔 습기가 많다고. 또, 통풍이 안 되는 만큼 그늘진 곳이어서 에어컨 제습을 틀어놓으면 전기료는 적게 나오고 시원할 것이라고. 또 방이 작아서 겨울엔 난방을 좀만 틀어도 따뜻할 거라고. 그러니 너무 세게 틀진 말라고 말이다. 여름에는 습기가 많으니 당연한 일이고, 겨울에는 난방을 너무 심하게 틀어 놓으면 결로현상* 때문에 곰팡이가 금방 필 거라고 말이다.

결로현상. 오늘에서야 처음 알았다. 겨울에 방이 너무 따뜻하면 곰팡이가 핀다는 것. 아주머니께 그 이유에 대해 되물었더니, 에어컨이 없던 시절에는 여름이 되어야 곰팡이가 생겼는데 이젠 오히려 겨울에 곰팡이가 더 많이 생긴다더라. 난방을 세게 트는 세입자들 때문에 말이다.

아, 어쩌면 당연한 일인데 너무도 무지했나 싶었다. 여름처럼 더운 날씨에 에어컨을 거세게 튼 차 유리에 습기가 차는 것과 같은 이치였다. 겨울의 찬 공기 때문에 벽 또한 온도가 낮아지면, 벽에 비해 따뜻한 방의 온기로 인해 습기가 죄다 벽으로 몰리는 것이다. 이 당연한 사실을 모르고 살았나 싶었다. 밖은 추운데, 안이 따뜻하면 습기가 찰 것이고 그로 인해 곰팡이가 생긴다는 사실 말이다.

어쩜, 곰팡이 핀 벽지가 따뜻하기를 바라며 매일 같이 마음을 데우려는 내 꼴과도 같았다. 딱딱한 시멘트 벽면처럼 차가워진 살갗을 녹이려고 안에서부터 끊임없이 난방을 튼 것이다. 사랑. 사랑. 그리고 또 사랑. 그렇게 마음에 많은 온기를 퍼부었지만 이미 냉랭해진 관계는 나의 눈에 습기가 차게 했고, 매일 밤 화장을 지우지 못한 채 우는 꼴이 꼭 곰팡이가 핀 벽지와 같았다. 아니, 어쩌면 안에서부터 곰팡이가 듬성듬성 생기곤 그것이 얼룩져서 눈에까지 새까만 곰팡이가 피었나 보다. '나 여기 있어요' 생색을 냈나 보다.

저번에 살던 빌라의 이름은 다희망빌이었다. 방을 자주 구하며 느낀 것이 있다면, 내가 이사를 간 곳의 명칭은 늘 희망찼다는 것이다. 다희망빌 또는 사랑채맨션, 행복원룸…. 어쩌면 그 이름을 따라 나에게도 많은 희망이 따라붙기를 바랬다. 꼭 결혼해서 이사를 간다는 희망이나, 우는 일이 적어서 벽지의 곰팡이가 적게 피었으면 하는 그런 바램 말이다. 어쩌면 그런 희망 때문에 내가 많이 울었나 싶기도 하다. 희망이거나 사랑이라거나 그런 것들 때문에 참 많이도 말이다. 그래서 곰팡이가 많이도 피었나 싶은 생각. 다 부질없지만, 신분 따라 사는 곳이 달라진다는 말처럼 사는 곳의 이름에 따라 내 삶도 달라지지 않을까라는 생각. 부질없는 희망이었다.

그래서인지 이번 집을 선택한 것에 꽤 만족했다. '문영빌라' 그 어떤 희망도 기대할 수 없는 이름. 꼭 이곳에는 곰팡이가 피지 않을 것만 같았다. 저기 저 벽지에도 내 얼굴에도. 꼭 그럴 것만 같았다.

---

*결로현상 : 외부 온도와 실내 온도의 차이가 클 경우 이슬맺힘 현상을 말한다.

남들과
똑같은
사랑을 하고
똑같은
이별을
하고

조금만
아프고 싶다
나의 사랑은
유독
병들어있다

텅 빈 건물

—

　형아, 조용한 새벽에 텅 빈 건물로 들어가 본 적 있어? 나는 겨우 한 발자국 내디뎠을 뿐인데 그 안에는 무척이나 큰 울림이 있더라고. 신발을 바닥에 문대거나 잠바를 벽에 스치기만 했는데 말이야, 건물 안에는 어찌나 큰 울림이 있던지. 나는 텅 빈 건물이었고 그 아이는 단지 내 안에 발을 디뎠던 것뿐이야. 그 애가 하는 행동들이 왜 그렇게나 큰 울림이었는지 알았어. 그 애의 얇은 어깨가 내 팔뚝에 스치기만 했는데, 나는 쿵쾅쿵쾅하면서 세상 사람들 다 깰 것처럼 소란스러웠다니까. 빈 깡통이 요란스럽다는 말을 지어낸 사람은 분명 아픈 사랑을 했을 것이야. 그치? 분명 나와 같이 텅 빈 사랑을 했을 것이야.

　그 애의 잘못은 없어 형아.

느릅나무

여름에서 가을로 넘어가는 날씨가 있다. 콧속에 진한 눈물이 자주 맺히기도 한다. 그때마다 나는 그것을 내뱉지 못하고 집어삼켰다.

어릴 적부터 비염이 심했던 나는 집에 느릅나무를 달인물이 많았다. 엄마는 그것이 비염에 좋다는 소문을 들었는지, 나를 위해 냉장고 두 칸이나 잡아 느릅나무를 달였던 것이다. 그 이후론 환절기를 느끼지 못한다. 비염을 통해 이때가 환절기라는 것을 느꼈던 내겐 더 이상 그것을 느낄만한 어느 감흥이 사라진 것이다.

나의 여름과 가을 사이는 그 계절만의 심한 온도 차만큼 쌀쌀맞다. 여인을 만난 것은 여름에서 가을로 넘어가는 환절기였다. 나는 여인이 쌉쓸한 눈초리와 다르게 목소리가 맹했기 때문에 참, 자몽 같은 사람이라고 생각했다. 아니 그것보단 조금 더 달짝지근한 사람이라고 생각했다.

목소리가 맹했던 이유는 여인이 심한 환절기 비염을 앓았기 때문인데, 그 맹한 목소리는 쌉쌀한 자몽에 연유를 얹은 느낌이 들게 만들었다. 비염이 심해지면, 수술을 받아볼까라고 말하는 여인에게 느릅나무를 권하고 싶었던 나는 기억이 잘 나지 않아 입 밖으론 두릅나무를 권했다.

"두릅나무 달인 물이 그렇게 비염에 좋다고 하더라고."

여인은 고맙다고 답했지만 나의 말은 언제나 귓등으로 들리기 일쑤였다. 나는 여인을 좋아했던 많은 것들 중 겨우 하나의 몸짓에 불과했기 때문이었다. 여인이 나의 곁을 떠난 이후로 나는 만성 비염에 걸린 것만 같다. 어머니가 끓여주던 느릅나무 달인 물의 효능이 떨어진 것 같이, 한구석이 간질간질하고 여기저기서 물이 나오려고만 했다. 나는 그것을 집어삼키려고 애를 썼다. 증세는 심각했다. 여인과 먹으러 갔던 횟집 간판만 보아도 알레르기가 있는 것처럼 간질간질하고 눈과 코에서 물이 흐르려고 했다. 나는 그것을 필사적으로 역류시켰다.

이 지긋지긋한 염증을 없애고 싶어 만났던 사람이 있다. 그 사람에겐 미안한 마음이 들지만, 숨구멍이 막혔던 나에게는 어쩔 수 없는 처방전이었다.

그 사람은 나에게 조그마한 숨구멍을 주었다. 하지만 우리의 사이는 금방이라도 다시 막혀버릴 것 같은 부질없는 관계였다. 우리는 서로를 위했지만, 서로에 의하진 않았기 때문이다. 금방 꺼져버릴 촛불이었다.

나는 요즘에도 비염을 앓는 듯 코를 훌쩍인다. 하지만

나에게 더 이상의 처방전은 필요치 않다고 생각했다. 사랑했던 사람을 다른 사람으로 잊으려는 것은 느릅나무 달인 물 대신 두릅나물을 달인 물을 마시는 것처럼, 부질없는 짓이라는 것을 깨닫고 난 이후부터이다.

느릅나무 달인 물은 먼지가 섞인 물처럼 텁텁한 맛이 난다. 누군가를 잊는다는 것과 같은 맛이라서 그 물을 피하고 싶을 때가 참 많았다. 참 많이도 텁텁했다.

떠나가는 당신이 좋아요

새로운 사람보다, 익숙한 당신이 더 새로워요. 완벽한 사람보다, 모자란 당신이 더 완벽해요. 따뜻한 사람보다, 차가운 당신이 더 따뜻해요. 웃고 있는 사람보다, 울고 있는 당신이 더 예뻐요. 이제 이유를 묻지 말아 주세요. 나는 날 향해 다가오는 사람보다, 떠나가는 당신이 더 좋아요.

당신을 사랑하는 것에 이유를 말하라면, 그것 또한 오직 당신.

한순간
필요한
사람이었다

오래도록
소중한
사람이길
바랬는데

백색소음

그 사람, 백색소음을 좋아하나 봐요. 풀벌레 소리가 좋아서 자주 밖으로 나가 생각을 한다고 하잖아요. 비가 올 때는 창문을 열어놓고 빗소리를 즐긴다고 했고요, 바다에 가면 의자에 앉아 몇십 분 파도 소리를 듣는다고 했거든요.

며칠 전에는 인터넷을 샅샅이 검색해서 이런저런 소리들을 모았어요. 그 사람에게 주면 좋아할까 봐요. 하지만 결국 보내지 못하고 그냥 저장만 해놨지 뭐예요. 혹시 소음이라서 그 사람 귀에 부담이 가진 않을까 좀 알아봤거든요. 그 와중에 내가 너무 초라해졌어요.

백색소음이란 거 있잖아요, 걔 참 슬픈 소음이에요. 사실 굉장히 넓은 폭의 소리가 요동치고 있는데 일정한 주파수를 가지고 있다고 하더라고요. 그것이 그렇게 일상에서 쉽게 익숙해진다고. 그래서 그 소리가 다른 것에 집중하도록 도와준다고 하더라고요. 나 그만하려고요. 그만해야 하는 거 맞겠죠? 내가 아무리 나 한번 봐달라고 발버둥

쳐봐도 그 사람에겐 그냥 어느 일정한 몸짓에 지나지 않을 테니까요. 그 사람은 언제나 다른 곳에 집중하고 있거든요. 슬퍼요. 나 그저 백색소음이면 어떡해요.

나의 요동침이 당신에게는 겨우 그 정도 몸짓이면 어떡해.

속상함

———

솔직하게 말해도 달라지는 건 없어. 솔직히 말한다고 해도 마음이 시원해지지 않아. 나는 내 마음을 솔직히 말하기 전에 그 사람이 알아주길 원한 거였지, 내 마음을 알아달라고 구차하게 설명해서 사과를 받고 싶은 게 아니니까. 내 속상함을 알고도 모르는 척하는 개가 밉고, 내 속상함에 이유를 설명해가며 말하는 내가 안쓰럽다.

울지 말았어야 했는데

———

어릴 때에는 울음을 참으면 크리스마스에 산타 할아버지가 와서 선물을 주는 건가 싶었던 적이 있다. 그것은 나와 그 사람 사이에도 흔하게 있는 일이었다.

괜히 그 사람 앞에서 울어버리기라도 한다면 지겨운 눈빛으로 나를 바라보았기에, 나는 울음을 멈춰야만 했다. 울면 안 된다는 말보다 슬픈 말은 없다. 그것을 안 이후로는 크리스마스에 울려 퍼졌던 노래가 참 잔인한 노래라고 생각했다.

어떤 감정에 의해 찔려버린 마음은 저절로 피를 흘린다. 그것은 사람의 생각과 마음이 가장 잘 노출되는 눈으로부터 흘러내린다. 눈물은 그렇다. 피처럼 진하지 않아서 금방이라도 볼을 타고 흘러내린다. 어떤 눈물은 바닷물처럼 짠 내가 나서 어는 법이 없다. 그래서 멈추지 않고 흘러내리는 것이, 떨어지는 것이 눈물이다. 나는 그 사람 앞에서 터져 나오려고만 하는 눈물을 역류시키려고 눈을 껌뻑인 적이 많았다. 껌뻑껌뻑. 그때마다 내 눈은, 카메라 렌즈처럼 그때의 아픔을 담아내었다. 껌뻑, 껌뻑.

언제라고 딱 잘라 말할 순 없지만 나는 여느 어린아이처럼 이 세상에 산타가 없다는 것을 알게 되었다. 생각이 농익으면서 자연스럽게 알게 되는 것이다. 하지만 사랑은, 사람을 어린애로 만들어버리기 일쑤였다. 그에 따라 당신을 만나며 나는 참 어린애가 되어있었다. 내가 당신 앞에서 울기라도 한다면, 나는 그해 크리스마스에는 당신의 선물을 받지 못할 것만 같아서. 그래서 나는 있는 힘껏 눈물을 참았다.

12월 어느 새벽, 하늘에는 눈이 펑펑 내렸고 눈발이 달빛을 받아 새벽을 환하게 만들었던 그때. 언젠가, 내가 울음을 참지 못했던 날. 껌벅이는 나의 눈에는 뜨거운 눈물이 봇물처럼 쏟아지고, 돌아서는 당신을 그렇게도 껌뻑껌뻑, 껌뻑껌뻑 찍어냈던 날. 그날. 그해, 그 해의 크리스마스. 나는 당신에게 선물을 받지 못했다. 어렸을 때 그랬던 것처럼 울지 말았어야 했는데. 울지 말았어야 했는데. 지금까지도 그날이 속상하게만 다가와. 어떻게 해서든 울지 말았어야 했는데. 떠나갈 사람이라도 오늘만큼은, 그날만큼은 아니었으면 싶어 아쉬운 사람이 있다. 조금만 더 버텨서 크리스마스가 지나가면, 그때 보냈어야 했는데 그때 울었어야 했는데.

어릴 때에 내가 울고 있으면 아빠는 우는 아이에게는 산타 할아버지가 선물을 안 준다고
했다. 나는 울면서도 그 사실이 너무도 속상해서 더 크게 울음을 터뜨렸다.

마음만
커져 버렸다

담을 용기도
없으면서

싫어요

"싫어요."

"싫다뇨? 싫은데 일주일에 두 번은 꼬박 만나고 밤새
워서 통화하고 주말에 영화 보자고 했어요?"

그때, 나의 고백은 단칼에 잘려버렸다. 상실감은 그렇
게 없었다. 단칼에 거절당했다는 창피함이 먼저였다. 하
지만 그 사람의 진심을 알게 된 후, 단칼에 거절당했다는
창피함에서 그 사람의 진심에 비해 나는 너무도 가벼웠다
는 창피함으로 번져갔다.

아뇨. 영화 보자고 한 건 당신이 좋아서 그런 거고요,
지금부터 우리가 서로 포옹을 하고 마음을 기대고 서로가
섬세하게 맞춰가는 사이가 되긴 싫어서요. 첫 번째. 지워
지지 않는 유성펜은 클리너를 뿌려서 지워야 해요. 두 번
째. 휴지에 아세톤을 살짝 묻혀서 지워요. 세 번째. 유성
펜 위에 수성펜을 덧칠해서 닦으면 유성펜이 지워져요.
첫 번째 두 번째 방법은 무언가 지우기 위해 만들어진 것
을 이용하는 거잖아요. 그래서 그것으로 지우는 것은 당

연하단 말이죠. 깔끔하게 지워지니까요.

문제는 세 번째라는 말이에요. 수성펜은 분명 무언가 지우기 위해 만들어진 것이 아닌데 신기하게도 유성펜을 지울 수 있어요. 위에 덧칠해서 유성물질을 수성으로 희석하는 방법이죠. 그래서 세 번째 방법으로 여러 번 반복하여 지워 버릇하면, 후에 지울 수 없는 옅은 자국이 남는다는 거예요. 그때 당시에는 간단하겠죠. 굳이 지우기 위해 무언가를 쓰지 않아도 근처에 있는 펜으로 쉽게 지울수 있으니까요. 근데 내 말은 이거에요. 그게 지운 거예요? 자국이 남는데요?

사람을 사람으로 지우기 시작하다 보면 편한데요. 그게 나중엔 엉켜서 뭐가 그리운지 뭐가 슬픈지 잘 몰라요. 마음에 너무도 많은 흔적이 남아서, 그전의 하얀색 마음으로 돌아가지 못한다는 거예요. 난 당신이 좋아서, 그래서 지금은 안 돼요. 당신, 술만 먹으면 전에 만났던 사람 흉만 보고 있잖아요. 그거, 못 잊은 거예요. 마음에 얼룩이 덕지덕지 묻어 있어. 당신이 조금 더 시간을 가지고 나에게 왔음 좋겠어요. 그때가 되면 내가 먼저 말할게요. 좋아해요.

하얀색 마음에 누군가를 덧칠하는 것. 다시 지우고, 다시 채워가는 것. 그러다가 지우기 어려운 자국이 생기는 것. 사랑이 하는 일이 그렇다.

병신 같은 사랑

강의실 여자애들이 나를 한심하게 쳐다보면서 말했다. 오빠. 손은 잡았어? 세 달 가까이 연락하면서 진전이 없는 관계는 그냥 오빠가 병신이거나 걔한테만 오빠가 병신인 거야.

병신이 되기 싫어서였을까. 그날은 개를 집에 바래다 주며 손잡을 타이밍을 계산하고 있었다. 개 옆으로 조금 씩 가서 서로의 팔이 엇갈리며 지나칠 때에 아주 조심스럽게 닿아봐야겠어. 속으로 백번 넘게 타이밍을 재고 용기를 냈지만 결국 그녀의 반응이 겁이 나서 병신 같은 말을 내뱉었다.

"연애하기 전에 스킨십 하는 거 별로지?"

그녀는 맞다고 수긍했다. 개는 귀가 닳도록 나에게 말했다. 나는 상처가 많은 사람이라고. 이제는 느린 사랑을 하고 싶다고. 아직은 겁이 난다고. 후회된다. 이왕 병신이었던 거 앞뒤 생각 안 하고 개 손 한번 잡아본 다음 걔한테도 병신으로 남을걸.

추운 겨울이 되면 손이 시린 탓에 개 손에 온기는 어땠을까 그렇게나 궁금하고 그렇다.

나는 착하고 답답하기만 한 사람으로만 남아버렸다. 이왕 이렇게 될 거 미친 듯이 표현했어야 했는데. 떠나갈 거 각오하고 솔직하게 내 마음 다 털어놨어야 했는데.

가려움

———

　언제나 그랬다. 무언가에 깊숙하게 집중을 하려 하면 괜히 눈썹이나 이마 따위가 가려워 긁어댔고, 내가 붙잡고 있던 일들은 집중하려 했던 것만 못하게 되어버리고 끝이 났다. 나는 이게 참 싫다. 사람도 사랑도 집중하는 순간 내가 의도하지 않은 일들로 이내 망쳐버리고 그 관계가 으스러졌다.

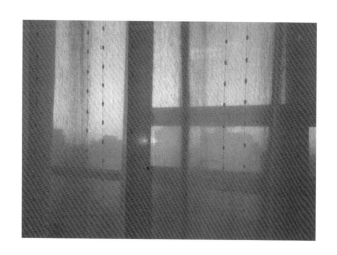

나는 당신에게 집중할 때마다 마음 한구석이 근질근질한 것이 재채기가 날 것만 같았다.
꼭 그럴 것만 같았다.

너에게
상처 준
그 사람이
뭐가 그렇게
좋다고

왜 또
그 사람
생각이야

누군가에게 단 한 번쯤은

———

  우린 누구나 아픔을 가지고 살아. 대부분 머리로는 알고 있지만, 가슴 깊이 나만 유독 아프다고 생각하지. 하지만 본인이 크게 상처받아보면 깨달아. 내가 전에 무심코 했던 일들도 누군가에겐 큰 상처가 될 수 있다는 것을. 우린 하나같이 상처를 주고받으며 살아가는 존재라는 것을. 그래서 나쁜 놈, 나쁜 년 해봤자 피차 똑같이 나쁜 놈, 나쁜 년들이야. 아무리 착한 사람이라도 누군가에게 한 번쯤은 나쁜 사람이 되는 법이니까.

  그래, 사실 내가 아픈 이유는 그거야. 나에게 그렇게 못되게 했던 네가 지금 누군가에겐 그렇게 착한 사람일 거란 말이잖아.

외투

오랜만에 네가 좋아했던 두꺼운 외투를 꺼내 거울 앞에서 입어보았다. 이 외투는 너와 참 닮은 것이 많았다. 치장 없는 단색의 색감이 너의 수수함과 닮았고, 또 길고 두껍게 감싸주는 것이 참 따습기도 했다.

하지만 그 어떤 두꺼운 외투를 입는다 하더라도 입는 순간 바로 따뜻해지는 것은 아니다. 그것을 입는 순간만큼은 차가움이 온몸으로 전해지는 순간이 꼭 있다. 바람이 솔솔 들어오는 방구석 어딘가에 꼭꼭 숨어있던 외투를 몸에 걸치는 순간, 외투 사이사이 스며들어있었던 냉기가 얇은 옷가지 겹겹이 쌓인 내 몸 안까지 파고들어 오는 것이었다. 그도 그럴 것이 서로 다른 곳에 다른 자세로 있어 왔으니 그만큼이나 온도 차가 날 것이다.

당연한 이야기지만 추운 겨울이 오면 외투를 꺼내 입는 이유가 여럿 있다. 아, 분명 이 외투는 세차게 불어닥칠 겨울바람을 막아줄 것이다. 옷과 살이 겹겹이 품고 있는 온기를 잘 가두어줄 것이다. 막 입었을 때에는 영 맞지 않던 온도가 서로 부대끼고 나면 제법 나를 따습게 해줄 것이다.

맞다. 따뜻하기 위해선 처음에 나오는 사뭇 다른 온도를 견뎌내야 한다는 것. 나는 왜 미련하게도 모르고 살아왔을까. 오랜 연애 끝에 알게 된 것은 서로 지지고 볶고 싸우며 부대꼈던 순간들이 결국은 나를 따뜻하게 만들었다는 사실과, 막 입은 외투가 차갑게 느껴지는 것과 같이 서로를 처음으로 안게 된 두 사람의 온도 차만큼이나 불편할 수 있다는 것. 또 그 두께만큼이나 나의 삶이 무거워지기도 한다는 것. 하지만 무언가 걸치지 않았을 때의 가벼움을 찾으려는 순간 난 다시 살갗이 훤히 드러나는 맨몸으로 도시를 누벼야 했다.

네가 선물해준 이 외투를 처음 입었을 때만 해도 너는 거울 앞에 서 있는 나를 보고 잘 어울린다는 말과 함께 함박웃음을 지었다. 아직은 입기엔 좀 두꺼워 보이니까 더 추워지면 입으라는 말과 함께. 그해 겨울에는 이 외투를 입는 날이면 꼭 너를 입는 것만 같았다. 더 추워지면 입으라는 너의 말이 내 방 이곳저곳 맴돌다 1년이 지나서야 내 머릿속에 콕 박혀버렸다. 더 추워지면 꺼내 입으라던 너의 따뜻한 말. 그 말만으로도 나는 이미 따뜻한 겨울을 보낼 수 있었구나. 그땐 그 따뜻함이 왜 버거움으로 느껴졌는지. 우리가 만나기 전까지의 서로가 먼 시간 동안 다른 곳에서 다른 자세로 살아왔음을 인정하지 못했는지.

추운 겨울이 왔다. 어쩌면 나에겐 다시 당신이 생각나는 계절이 온 것이다. 따뜻한 만큼 오래 입게 되더라. 두고두고 입게 되더라. 꼭 당신과 같이.

이상형

———

  며칠 전에 만난 그녀는 나에게 이상형을 물었고, 나는 선뜻 답을 하지 못하고 우물쭈물 거렸다. 이상형을 묻는데 선뜻 답을 하지 못하는 이유는 어쩌면 앞으로 내가 살아가면서 겪게 될 고질적인 문제라고 생각했다.

  예전에 누군가 이상형이 뭐냐고 물으면 선뜻 "누구요" 혹은 "~를 닮은 사람이요." 이렇게 간단하게 말을 할 수 있었는데, 그 이유는 나의 이상형이 그 누구라도 공감할 수 있는 공통분모가 있었기 때문이라 생각했다. 허나 지금 이렇게 선뜻 답을 못하는 이유는 그 누구라도 공감할 만한 공통분모가 없기 때문일 것이다. 당신. 나만이 아는 유일한 그 당신. 이상형을 생각하는 내내 당신을 떠올렸다. 당신의 어떤 버릇이나 당신의 눈매나 당신의 목소리 당신의 머리 길이 당신의 얼굴형 당신의 몸매 당신의 향기 등등을 생각하면서 곧이곧대로 그것만을 피해 답을 하는 것이다.

  예를 들면 동글동글한 당신의 얼굴과는 다른 계란형의 얼굴을. 당신의 깊은 목소리와는 다른 청량한 목소리를.

당신의 머리 길이와는 다른 단발형 머리를 이렇게 당신만을 굳이 피해서 말이다. 이렇고 저렇고 나열한 이상형에 관한 이야기가 오고 간 후에 그녀는 말을 꺼냈다. 이상형이 무척 세세한 것 같다고. 흔히들 간단명료하게 이상형을 말하곤 하는데, 나는 꼭 알고 지냈던 사람인 것처럼 세세하게 이야기한다고 말이다. 그 말이 꼭 당신을 세세하게 기억하고 있다는 말을 대신한 것만 같아 크윽 기침을 하며 이상형을 간단하게 추려서 다시 이야기했다.

"그냥 귀여운 사람이요."

그런 나의 답에 그녀는 의심쩍은 눈빛을 보내며 또 말했다. 그냥 귀여운 사람이 이상형이라고 하기엔 너무 세세했었다고 말이다. 거기에 대고 예전에 사랑했던 사람과는 반대되는 사람이 지금 이상형이에요 라고 말할 수도 없었기에 "이렇게 세세하게 말한 것 같아도, 결국 귀여운 사람을 보면 끌려요." 따위의 변명을 둘러댔다.

꼭 이상형 이야기를 한 이후로부터 그녀와의 첫 만남이 아무 의미 없어진 것만 같았다. 그 어느 대화에도 집중하지 못하고, 또 무언가 산만한 분위기에 휩싸여서 우리는 금방이고 자리를 마무리해야 했다. 집에 오는 길엔 많은 생각을 했다. 의미 없는 만남과 그 의미 없는 만남 중에서라도 기필코 떠올려지는 당신. 또 당신을 떠올리는 이 지독한 기억 말이다. "이렇게 세세하게 말한 것 같아

도, 결국 귀여운 사람을 보면 끌려요"라고 말한 나의 의도
에 대해서도. 그것이 꼭 세세하게 기억해서 당신과 다른
사람을 찾아봐도, 난 결국 당신에게 끌릴 것이라는 한탄
을 한 것만 같았다.

　당신은 내게 이상형보다 이상향에 가까운 사람이었다.
한때 나에겐 구원 같은 사람이 이젠 지옥이 되어 끝까지
피하고 싶은 사람이 되다니. 좀처럼 당신과 나의 연결된
어떠한 질긴 힘줄 같은 것은 쉽게 끊어지지도 않는구나.
결국, 당신에게 끌릴 것이라는 말이 저 스스로 죽을 것을
알면서 불구덩이에 들어가려는 불나방처럼 생각되었는지
집에 도착하자마자 불을 끄고 방에 누웠다. 아무리 피해
봐도 미련하기 짝이 없는 불나방처럼 당신이란 불에 빠져
들어갈 것만 같아서, 그래서 내 방에 빛이 전혀 들지 않기
를 바라는 마음으로 커튼을 치고 또 이불을 얼굴까지 덮
어씌웠다. 이상형이란 짧은 대화 주제로부터 다시 당신을
다시 마주 보기까지 참 짧은 시간이었다. 오늘은 미련하
게도 참 긴 밤이 되겠구나 생각했다.

한때 나에겐 구원 같은 사람이 이젠 지옥이 되어버렸구나.

나쁜 건
너고

아픈 건
나고

엄마가 사준 지갑

당신은 우리 엄마가 처음으로 선물해준 가죽 지갑과 같아. 그것을 잃어버렸을 때 나는 울었지. 똑같은 지갑을 다시 알아보자는 당신의 말에도 나는 울 수밖에 없었고, 그것보다 더 좋은 지갑을 사준다고 해도 나는 울 수밖에 없었고. 그것은 어느 지갑과도 똑같을 수 없는 엄마의 지문이 묻은 지갑이니까.

언젠가 당신이 떠나며 말했어. 나보다 더 좋은 사람 만나라고 말야. 어제 만난 그 사람이 당신보다 좋은 사람일까? 너무도 당신을 닮은 사람을 만났어. 몇 년 만에 당신을 보는 기분이 들어서 내내 웃음을 지었지. 당신의 입술과 목소리와 표정과 눈웃음과 몸짓. 전부 닮았지 뭐야. 하지만 나는 결국 그 사람의 관심을 모른 체했어. 마음이 말하더라고. 나의 마음이 묻은 당신이 아니라고. 이 사람은 결국 당신이 아니라고. 당신보다 좋은 사람을 만나도, 당신과 닮은 사람을 만나도 나는 오로지 당신만을 원해.

그래서 있잖아, 나를 고치지 못할 바엔 당신이 죽었으

면 싶어. 흔적 하나 없이 죽어버렸으면 싶어. 엄마가 사준 지갑 있잖아. 잃어버리지 않고 내 앞에서 찢겨버렸으면 더 편할 걸 그랬어. 그 순간은 마음이 더 쓰리겠지만, 갈기갈기 찢겨버렸으면. 차라리 그랬으면 편했을 거 같아.

내 마음에 있는 당신이 죽었으면 싶어.

트라우마

그네 타는 모습이나 사진을 보면 왜 그렇게 슬픈지 몰라요. 그녀는 술잔을 내려놓으며 말했다. 그런 거 있잖아요. 누가 봐도 슬프지 않을 장면을 나만 슬프게 느끼는 거요. 그게 무슨 증후군이죠? 아니다, 트라우마에 더 가깝겠죠. 그 사람이 나를 떠나기 전날 데이트를 마치고 우리 집 근처 놀이터에서 그네를 타면서 이야기를 나눴어요. 뭐 이런저런 이야기요. 생각나는 대화가 있다면,

"당신은 참 둥글둥글한 사람 같아."

"그거 알아? 둥글둥글한 사람이 가장 중요한 때에는 날카롭게 변한다는 거. 사람들은 이런 내 모습을 무서워하던데."

같은 이야기들이요.

맞아요. 칼 같았어요. 그 사람은 떠나갈 때에 우리라는 관계를 단번에 참수시키고 돌아섰어요. 잔인한 말이지만 참수당한 사람의 떨어진 머리는 3초 정도 눈을 뜰 수 있다고 들었어요. 그 사람이 떠난 이후로 날 그리워하던, 보고 싶어 하던 참수된 우리라는 관계의 기억은 3초가 마지

막이라는 거죠. 그래서 나는 그 사람을 참 쌀쌀맞은 사람으로 기억해요.

그 이후로 그네를 보면 그렇게 슬퍼요. 그네를 타고 노는 아이들의 모습도, 그 아이의 등을 밀어주는 부모도, 그네를 타고 마주 앉아 이야기를 나누는 커플도. 언젠가 이별을 맞이할 거라는 그런 트라우마 말이죠.

그래서 다들 사랑이 겁이 난다고 하는 거 아닐까요? 이러한 하나하나의 기억들이 우리의 머리에 박혔다는 거죠. 나이를 하나둘 먹고 경험이 쌓이고 많은 추억이 겹치면서 사랑이 무서워지는 이유는, 온 세상이 트라우마투성이라는 거죠. 아니다, 트라우마라고 하면 너무 정 없어 보이잖아. 조금은 더 아름답게 말할게요. 우리는 온 세상에 그어떤 사람들을 남겨 두었다. 이렇게.

우리는 온 세상에 그 어떤 사람들을 그렇게 남겨두었는지.

너에게 쉬웠던 나

———

　시간이 지나서 알게 된 게 하나 있다. 나를 정말 힘들게 했던 건 떠나간 너도, 함께할 수 없는 우리도 아닌 너에겐 너무 쉬웠던 나라는 것.

또 당신에게만 너무도 쉬웠던 나의 존재를 이해하고 있는 사람이 당신이었다는 것.

있어도
그만
없어도
그만이라면

차라리
있어도
그만이길
바랐는데

섬에 표류 되었나

그 사람이 나를 떠났을 때, 마음이 말했다. 누군가 어떤 잔인한 이유로 나를 떠난다고 했을 때에도 느끼지 못했던 온전히 혼자 남겨진 기분이 아무 이유도 남기지 않은 채 날 떠나겠다는 그 사람에게서 느껴진다고. 더 이상 고칠 이유조차 없는 관계에서 오는 허무함이 파도처럼 밀려온다.

나는 섬에 표류 되었나.

물 같은 존재

―――

　예전에 내가 소중하다고 생각하는 사람이 나를 생각하기에 물 같은 존재라고 생각하길 바라던 때가 있다. 살아가는 데에 없으면 안 되는 그런 존재. 그 사람의 대부분을 차지하고 있는 필수적인 존재. 하지만 기대와 다르게 나는 고작 밥상 위에 놓인 물컵의 물과 같이, 있어도 없어도 그만인 보통의 존재였다. 나는 그 실망만큼 세상을 부정했고, 슬퍼해야 했고, 나를 미워해야 했다. 이게 참 싫다. 내가 누군가에게 소중하고 특별하다는 기대감은 여전히 소중하고 특별한 나를 하찮은 존재로 만들기 일쑤였다.

고작 한순간 필요한 존재였음을.

지긋지긋해요

———

몇 달은 몸살에 걸린 것 같았어요. 언제나 힘이 없고 한여름밤조차 매가리가 하나 없어 으스스 한 밤의 연속이었죠.

시간이 지나 어느 날은 잠이 오질 않아서 편의점에 술을 사러 가려는데 괜히 꾸미고 싶은 거예요. 땡땡이 잠옷 바지에 패딩 하나 걸치고 나가는 내 모습이 싫어서, 샤워도 하고 깔끔한 니트도 입었어요. 거울을 보니까 약간의 웃음기가 도는 것 같기도 했고요. 따뜻한 물로 씻은 탓인지 밖의 공기가 그리 춥지만은 않더라고요. 내 몸에서 나는 연기에 영화 주인공처럼 마술을 부리는 척해 보기도 했고요.

그렇게 산뜻한 마음으로 밤거리를 걷는 데 있잖아요. 뜬금없이 당신 생각이 나요. 지금에서야 말할 수 있지만, 사람을 잊는다는 것이 그러더라고요. 이제 괜찮아진 나를 보고 이미 오래전에 괜찮았을 당신이 생각나서 내 마음은 다시 추락해요.

흔하게 들릴 수도 있겠지만, 잊을만하면 생각나요. 지금 이 이야기를 하면서도 또 생각나요. 난 분명 괜찮았는데 오늘 밤은 또다시 몸살에 걸릴 것만 같은 그런 느낌이에요. 사람은 기억하는 동물이라는 게 정말 지긋지긋해요.

나는 지금에서야 조금 살만한데 이미 예전부터 살만했었을 당신을 생각하니까 또 내 마음은 저 밑바닥까지 추락해요.

나와
연결되는
그런 사람
우주에
한 명쯤
있었으면
좋겠다

나와
어쩔 수 없이
만나게 될
그런 사람이
우주에
단 한 명이라도
있었으면
좋겠다

말굽이 U자인 이유

"나 할 말 있어요."

"잠시만요, 말굽이 왜 U자인지 알아요?"

할 말이 있다고 말하는 나에게 던지는 질문은 영화같이 달콤했던 둘 사이의 분위기를 흐렸다. 나는 시큰둥한 말투로 답했다.

"글쎄요. 달리는 말에는 그다지 관심은 없어서요."

그녀를 바라보며 진심 어린 마음을 전하려는 내 입술을 끊는 말의 주제가 겨우 말굽이라니. 나는 속상한 마음에, 스치듯 그녀를 힐끗 보고 고개를 아래로 내려서 딴짓을 했다. 하지만 이내 귀 기울여 들어보기로 했다. 말굽이 왜 U자인지 물어보는 엉뚱한 질문과 맞지 않게, 스치듯 쳐다본 그녀의 눈빛은 차분하고 위태로웠고 쓸쓸했기 때문이다.

"뭔데요?"

"좋아요. 말굽이 U자인 이유는 말 발톱이 U자로 자라나서 그런 거래요. 그럼 왜 말 발톱이 U자로 이어져 자라는지 알아요? 그건요, 원래 U자 형태의 몇 갈래로 갈라진 발톱 사이로 자꾸 흙이나 돌 따위 이물질이 껴서 달리는 데에 불편함을 느낀대요. 그래서 서서히 하나로 합쳐지도록 진화했다더군요. 그것들이 합쳐서 완전한 U자를 이루게 된 거죠. 그럼 왜 말굽을 끼우는지 알아요? 그건요 말발톱이요, 오래 달리다 보면 자꾸 갈라지려고 한대요. 달리는 데 불편해서 합쳐진 것들이요, 오래 달리다 보면 이젠 갈라지려고 한다니까요. 그 갈라지려는 발톱을 종속시키기 위해 말굽이 있는 거예요."

차분하던 그녀의 눈은 거친 파도처럼 흔들리고, 목소리는 파들파들 떨렸다.

"있잖아요, 내가 어느 사람과 혹은 어느 사람들과 무엇을 하다가 혹은 어느 사이에 있다, 어떤 목적을 위해서라도 합쳐진 순간부터는 갈라지는 것의 연속이에요. 당신이 나와 어느 공간에 어느 사이에 무엇이 껴들어 무엇이 그렇게 불편해서 합쳐지려는지 모르겠는데요. 그 순간 우리는 갈라지기 위한 치열한 레이스를 한다는 거예요. 그래서 덜컥 겁이 나요. 우린 합쳐진 순간, 종속시킬 무언가에 얽매여야만 갈라지지 않을 수 있잖아요. 나는요. 그래서 무서웠어요. 당신을 처음 본 순간부터 그게 그렇게 무섭더라니까요. 합쳐진다는 것은 갈라지기 위한 중간점에 지나지 않는다랄까요."

죽어간 사랑에게 기도를

사랑에도 천국과 지옥이 있다면 내 사랑은 지옥에 떨어졌을 거예요. 며칠 전 만난 그 여자는 모태신앙을 가지고 살아온 크리스천이다. 신은 존재하는가부터 시작해서 인류는 진화론이다 또는 창조론이다.

"그거 알아요? 창세기에서 의미하는 창조론 있잖아요. 그거 창조론이 아니라 시 형식으로 비유하는 거예요."

그녀의 성경 이야기는 길거리에서 불신지옥을 말하는 예수쟁이들과는 다르게 거부감이 들지 않았다.

"창세기 1장 1절에서 나오는 창조라 함은 만들어졌다는 창조가 아니라 인간이 죽고 나서 천국이라는 구원으로 간다는 완전한 창조를 뜻해요."

그녀는 성경에 의미를 시적으로 표현되었다 말하면서 굳이 기독교를 믿지 않아도 성경은 문학적으로 큰 가치가 있으니 추천한다고 했다. 옛날에는 책을 보존하는 것이 그렇게나 어려웠다고 했었나. 그만한 가치가 있으니 몇천 년을 이어온 거라고. 그 세월만큼 읽을 가치가 있을 거라고. 여러 가지 기억에 남는 흥미로운 이야기였지만, 그녀가 설명한 성경에서 가장 기억에 남는 이야기가 있다.

"자살하지 말라더군요. 자살을 하는 것은 자신의 생명을 해치는 일이라고. 그래서 살인을 하는 것과 마찬가지예요. 그래서 자살을 하면 천국에 이르지 못한다고 해요."

뭐, 정확히 기억은 나지 않지만, 그것도 있는 그대로의 자살을 하지 말라는 것이 아니라 시적 비유라고 했다. 사실 그 이야기 자체가 기억에 남기보단 그 끝에 흐리며 말한 그 여자의 마지막 말이 기억에 남는다.

"사랑에도 천국과 지옥이 있다면 내 사랑은 지옥에 떨어졌을 거예요. 나는 살면서 너무 많은 자살을 했는걸요. 진짜 자살은 아닌 거 알죠? 나는 자라나는 내 마음을 너무 많이 죽였어요. 죽이고 숨기고 베개로 입을 틀어막곤 눈물로 적시곤 했죠. 그래서 나는 구원받을 수 없어요. 사랑을 스스로 죽이지 마요. 차라리 여러분의 마음이 타살당하는 것이 나아요. 그래야 여러분의 사랑이 천국에 머무를 수 있어요. 수많은 목매어 죽어간 사랑에게 기도를."

목매어 죽어간 사랑에게 기도를.

외로움에 대하여

———

　외롭다는 거 그거 생각보다 복잡한 감정이야. 혼자가
되어 누군가 그리울 때가 아니라, 더 이상 그리워할 그리
움이 없을 때. 마음이 너무 힘든데 기댈 사람이 없을 때가
아니라 마음이 아무리 힘들어도 굳이 기대고 싶지 않을
때. 맛있는 음식을 함께 먹을 사람이 없어 혼자 먹을 때가
아니라, 맛있는 음식을 먹어도 함께 먹고 싶은 사람이 생
각나지 않을 때. 나는 그때 사람이 외로워진다고 생각해.
예전에 글을 적을 땐 너를 떠올리며 적었는데 이제는 그
때의 널 그리워하며 글을 적었던 나를 떠올리며 억지로
적어가고 있어.

　그리고 생각했지. 아, 이제야 나는 어느 정도 외로워진
것 같다고.

더는 그리워할 그리움이 없을 때. 긴 새벽, 검은 하늘보다 짙은 색으로 칠해지는 사람이 없을 때. 그때 사람은 진정으로 외로워진다 생각해.

마음은
외로움을
주식 삼아

생을
연명한다

마음이 물었다

어느 날 마음이 신에게 물었다.

"몸은 겨울이 오면 옷이라도 껴입고 견딘다는데, 이토록
약한 저에게 겨울이 오면 어떻게 견디란 말입니까."

신은 답했다.

"그래서 보이지 않는 깊숙한 곳에 숨겨 주지 않았느냐."

마음은 원망했다.

"차라리 몸처럼 나를 꺼내 보여줄 수 있다면 시린 겨울
은 오지도 않았을 테죠."

신은 답했다. 앞으로는 보이지 않는 마음도 알아봐 주는 사람을 사랑하라고.

이별 여행

7년 동안 이어온 만남이 이제는 끝이라는 것을 우리는 알고 있었다. 우리의 사랑은 어떤 물건과 물건이 떨어지지 않는 데에 필요한 접착제가 없는 것처럼 어느 한쪽이 쉽게 떨어질 것만 같았다. 혹은 그 접착제가 7년이라는 세월을 지나 제 역할을 하지 못하는 것이거나.

우리는 삼봉해수욕장을 좋아했다. 군대 전역을 앞두고 말년 휴가 때 처음으로 간 해변인데, 겨울에는 온 해변을 통틀어 사람이 넷 이상 된 것을 본 적이 없을 만큼 조용한 해변이다. 요즘엔 인터넷에 조용한 해변이라고 치면 나오는 몇 안 되는 해변이기도 하다.

이별 여행이라는 것은 소설이나 드라마에서만 봤지 직접 겪게 되면 어떤 느낌일까. 서로의 마지막을 기념하는 여행이라. 나는 삼봉해수욕장이 그녀와 자연스럽게 떨어지기엔 참 알맞은 장소라 생각했고, 그녀의 생각 또한 나와 다르지 않은지 이번 여행지로 삼봉해수욕장을 가자고 먼저 말을 꺼냈다.

암묵적으로 이루어진 이별 여행은 생각 외로 별것 없는 여행이었다. 연인이라기보단 가까운 친구 사이로 변해버린 우리에겐 사소한 것 하나까지도 웃음거리였다. 나는 보통 날보다 혹은, 보통의 여행보다 더 웃으려 하는 그녀의 태도를 느꼈다.

그것은 굳이 표현하지 않아도 우리 둘에겐 이별을 말하는 것이라 생각했다. 그녀의 입가에 평소보다 훨씬 잦은 미소는 우리만이 알게끔 이별을 예고하고 있었다.

펜션에 도착하자마자 우린 해변으로 달려갔다. 부서지는 파도 소리, 사람 한 명 없는 해변은 아름다웠다. 그녀는 양손을 벌려 바닷바람을 맞이했다.

"버스에만 있으려고 하니까 답답해 죽을뻔했다니까."

그런 그녀의 팔을 슬쩍 보는데, 활짝 펼친 왼손 약지에는 5주년을 기념했던 커플링이 보이지 않았다. 나는 나의 왼손 약지에 끼고 있던 커플링을 빼서 주머니에 넣으며 말했다.

"바닷바람은 확실히 춥네."

우리가 해변에 도착했을 때는 오후 4시 정도이다. 펜션 사장님이 말하기를, 오후 5시 정도가 되면 물이 점점 밀려온다고 했다. 서로 직장이 있던 탓에 1박 2일밖에 시간이 나지 않았던 우리에게는 바다를 볼 마지막 기회인 것이다.

겨울의 밤은 6시만 돼도 어두워서 바다가 보이지 않고, 아침에는 차 시간을 맞추느라 허겁지겁 나갈 것이 뻔히 보였기 때문이다.

순우리말로는 윤슬이라고 했던가. 바다 물결에 비친 햇빛이 찰랑거리며 춤을 춘다. 윤슬을 바라보며 우리는 말 없이 걸었다. 서로 어떤 생각은 묻지 않았다. 이만큼이나 침묵이 편한 관계가 또 있을까라는 생각을 했다.

그녀는 갑자기 걸음을 멈추며, 바닷가에 우리의 이름을 새기자고 말했다. 그녀와 바다에 왔을 때 여러 번 바닷가에 이름을 새겼지만, 그녀는 사진을 찍어서 핸드폰에 보관하지 않았다. 어떤 것은 그 순간만이 아름다워야 할 때가 있다고 하면서 말이다. 그녀의 말에 고개를 갸우뚱하는 나를 보고, 잊혀질 때에 비로소 아름다운 것들이 있다는 말이라고 했었다.

이름과 이름 사이에 그려진 하트를 멍하게 쳐다보던 그녀는 예전과는 다르게 핸드폰을 꺼내 사진을 찍었다.

"우리 여기서 좀 있으면 안 될까?"

그녀의 말에 나는 대답을 하지 않고 고개를 끄덕였다. 오랫동안 말을 섞지 않은 탓에 말라비틀어진 목소리가 나올 것 같았기 때문이다. 그러곤 기침을 흡— 하는데, 옆에서는 흑—이라는 소리가 들려왔다. 파도 소리에 굵은 소리는 대부분 묻혔고, 가녀린 쇳소리 같은 소리만이 내 귓가에 전해졌다. 흐느낌이었다.

그녀는 눈물이 툭툭 떨어진 하트 가운데를 손가락으로 긁어냈다. 그리곤 긁혀 나온 흙들을 손으로 꾹꾹 눌러 담아 동그랗게 만들었다.

"…이 모래 잘 뭉쳐지네."

나는 울고 있는 그녀에게 아무렇지 않은 듯 답했다.

"저 모래랑은 다르게 말이지?"

몇 자국 지나지 않는 곳엔, 파도가 들어오지 않는지 빠삭하게 마른 모래사장이 가득하였다. 나는 그곳에 가서 물기 하나 없이 부서지기만 하는 모래를 한 줌 가지고 왔다.

"응. 그 모래는 물기가 없어서 쉽게 으스러지잖아…."

그녀의 말처럼 내 손에 있던 모래는 몇 초 지나지 않아 손가락 사이로 흘러내려 갔다. 우리의 관계처럼 자연스럽게 부서지기만 하는 것이었다.

나는 그날 밤 그녀가 잠든 후에 모래의 이야기에 대해 곰곰이 생각했다. 으스러진다는 것. 뭉쳐지는 모래와 손가락 사이로 흘러내리는 모래. 답답한 마음에 바닷가로 향했다. 조용한 해변이라 그런지 가로등이 하나 없었다. 검은색 화면에 파도 소리만 들리는 것이, 눈을 감고 듣는 백색소음 같았다. 마음에도 파도가 친다. 백사장의 모래를 한 줌 움켜쥐었다. 몇 초 지나지 않아 모래는 손가락 사이사이로 빠져나갔다.

　그녀의 눈물만으로는 우리의 관계를 결속시킬 수 없었다. 마치 물기가 부족해서 뭉칠 수 없는 모래와 같았다. 그녀도 그것을 말하고 싶어서 젖은 모래를 뭉쳤던 것일까. 우리의 시간이 젊었을 때만 하더라도 누구의 눈물 한 방울만으로도 둘의 관계는 다시 단단해지곤 했다. 나는 답답한 마음에 모래사장에 우리의 이름과 이름을 적고 그 가운데에 하트를 그렸다. 물기가 없어 건조한 모래에는 이름이 뚜렷하게 새겨지지 않았다. 앞으로 희미하게 그려질 서로의 이름처럼 느껴지는 탓에 우리는 흐느꼈다.

　그녀에게 보이지 못했던 눈물이 왈칵왈칵 쏟아져 나왔다. 눈물을 밤새 쏟아낸다 해도 이 모래를 뭉칠 수 없을 것만 같았다. 아침이 되고 낮이 되면 모래 위에 내 눈물 자국은 부질없게도 말라 있을 것이기 때문이다. 이처럼 눈물과 같이 강한 것으로도 접착시킬 수 없는 관계가 있다. 그녀가 전에 말했던 잊혀질 때에 아름다울 수 있는 것이란 이런 관계를 말하는 것이라고 생각했다.

　그다음 날 아침, 우리는 승언리 버스터미널에서 서로의 안녕을 빌었다. 서로의 눈가에는 반짝이는 눈물이 맺혀있

었는데, 그것이 마치 바다 물결에 맞춰 일렁이는 윤슬 같았
다. 우리는 그날 반짝이는 서로의 눈물을 보며 행복하기로
약속하였다. 무척이나 행복하기로 약속하였다.

드라마나 영화에서나 볼 법한 이별 여행이라는 것이 가능할까. 서로의 마음을 정리하려
여행을 함께 떠나는 그런, 벌거숭이의 마음을 서로에게 보여줄 수 있는 사람들이, 어떻
게 서로 떨어질 수 있을까.

덩굴식물

사람이 하는 일은 덩굴식물과 같다. 기댈 곳을 찾아, 나선 모양으로 주변을 헤맨다. 누군가는 시계방향으로, 또누군가는 시계의 반대 방향으로. 덩굴식물에는 까끌까끌한 가시가 있다. 그래서 외로움이 많은 것들이 지나친 삶에는 선홍색 핏자국이 선명하다. 외로움은 어떤 것을 중심으로 자전한다. 정확히는 헛돈다. 누군가는 시계방향으로, 또 누군가는 시계의 반대 방향으로. 돌다가 만난 외로움과 외로움은 숲을 이루기도 한다. 숲에는 우기가 많다. 눈물을 머금고 웅장해지는 것이다.

덩굴의 생은 당신의 생각보다 더 외롭다. 말라죽은 덩굴들을 보면 어떤 것으로부터 떨어지지 않기 위해 바싹 말라비틀어진 상태로 매달려 죽어있다.

2. 나아감으로

———————

비가 무척이나 내리지 않는 땅은 사막이라 불리운다. 그
땅의 머리에는 울음이 없고, 나는 그것이 건조한 생을
뜻하기도 한다고 생각했다.

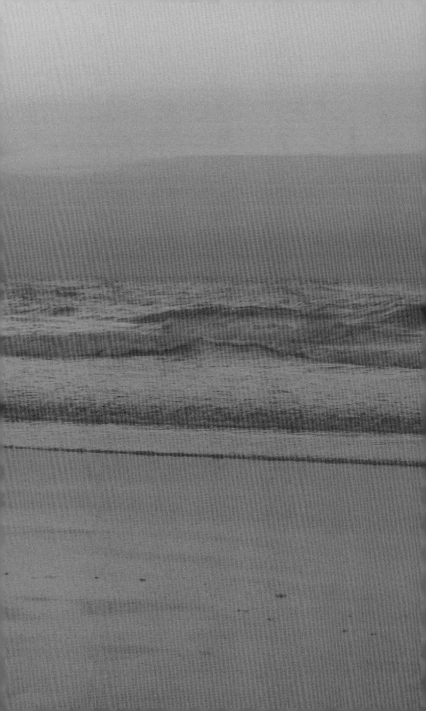

이렇게
아프고
저려오는데

세상은
나에게
성장통일
뿐이라
말하더라

마지막에 대하여

———

　내 친구 인권이가 다니던 회사를 그만두게 되면서 나에게 몇 마디 툭 건네었다. "정들었는데… 내 사수랑 마지막이라는 게 정말 아쉬워. 정말 믿고 따르던 사람인데, 마지막까지 서로 할 일에 치여 바쁘게 헤어졌지 뭐야."

　나는 아쉬워하는 인권이에게 위로를 전하고 싶었다.

　– 모든 것은 마지막이라고 생각하면 그러더라. 나도 그래, 군 복무 시절 전역하기 직전의 마지막 밤에 담배를 태우던 그 건물 옥상이 너무 그립고, 퇴사를 할 때 일을 같이했던 동료들의 마지막 그 모습들이 참 아쉽더라고. 그래서 말인데 마지막이라고 생각하지 않고 '언젠가 다시 보게 될 것들'이라 생각하면 어때? 그것이 정말로 마지막이 아니라면 아쉬움을 덜 하지 않을까? 설령 다신 보지 못하더라도 우리는 이렇게 생각하는 거지. "언젠가 다시 보게 될 거야. 다시 보게 될 거야." 그럼 아쉽기만 한 무언가의 끝자락에서도 조금은 웃으며 보낼 수 있지 않을까.

나의 말을 듣던 인권이는 고개를 저으면서 내 말을 부정했다.

　— 아냐, 그거랑 좀 다른 것 같아. 나와 사수는 사실 언제든 만날 수 있어. 지금 당장 보고 싶다고 그에게로 가서 술 한잔하면 끝인걸? 하지만 그 사수와 나는 더 이상 전과 같이 인사를 주고받을 수 없어. 평소에 그랬듯 아침 9시에 사무실에서 만나 "선배, 어제 이런 일을 하다 이게 잘 안 풀렸어요."라고 한탄하는 나에게 자판기 커피 한 잔 건네주면서, "으이구. 그땐 이렇게 하는 거야. 봐, 이렇게. 전에 말한 것 같은데?"라는 식의 장난이 섞인 인사를 주고받는 그런 사이 말이야. 아니면 아침에 가볍게 어깨를 두드려줄 수 있는, 그런 사이. 이젠 그런 인사 대신 서로 잘 지냈느냐고, 요즘은 어떤 일 하고 있느냐고 악수를 하고 형식적인 딱딱한 안부를 묻겠지. 너도 그렇고 나도 그렇고, 우린 우리의 주위를 공전하던 어떠한 친숙한 상황이 마지막이라는 게 아쉬울 뿐이야. 언제나 그 상황이 아쉽다는 거야. 아, 나는 그게 참 아쉽단 말이야.

우린 헤어진다는 그 상황이 아쉬운 거야. 설령 다시 볼 수 있다고 하더라도, 지금처럼 되돌아갈 수 없다는 그 상황이.

흰색 운동화

며칠 전부터였어요. 다시 일어나기로 맘먹은 거. 이제 그만 우울에서 나오려고 했죠. 그래서 그동안 산발이 된 머리를 자르고, 손톱을 깎고, 운동기구 앞에 앉아보기도 하고, 대청소도 했어요. 아, 그동안 밀린 빨래도 했고요.

그런데 말이에요. 신발 빨래를 하던 중에 작년 이맘때쯤 산 운동화가 참 나와 같이 느껴지더라고요. 커플 운동화로 산 흰색 운동화였어요. 그 운동화 말이에요, 일 년 동안 안 빨고 신었었거든요. 빨래를 하는데 아무리 문질러도, 갖가지 노력을 해봐도 지워지지 않는 얼룩이 구석에 몇 개 있더라고요. 불려도 소용없어요. 구겨진 주름에 때가 배어서 완전히 물들어 있더라고요.

다 그런 거겠죠? 한낱 운동화의 때도 일 년간 함께한 시간만큼 지워지지 않으려고 그렇게 애쓰는데 사람 마음이라고 다를까 싶어. 사람 마음이라고 얼룩 하나 없길 바라는 게 맞는가 싶어. 사람 마음이라고.

나의 안정제

───

삶이 벅차다 못해 두려움으로 가득 찰 때가 종종 있다. 나의 정신은 유리보다 약해지기도 하며 자주 무너지고 깨지기를 반복한다. 나의 곧았던 신념은 작은 바람에도 부들부들 떨린다. 그럴 때 나는 아버지에게 전화를 건다. 역시나 그의 목소리는 태연하다.

내가 힘들다고 무섭다고 두렵다고 수화기에 대고 살짝 기대면 아버지는 언제나 그랬듯 태연한 목소리로 말한다.

"괜찮아. 너무 무겁게 생각하지 마. 지나갈 거야."

아마도 나는 그런 것들로부터 안정을 얻는다. 괜찮다는 말보다. 지나갈 거라는 말보다. 그런 태연한 아버지의 목소리와 내가 찡얼댈 줄 알았다는 듯한 당연한 태도에서 안정을 얻는다.

생각해본다. 아마 그런 안정은 콕 집어 아버지에게서만 얻는 것이 아니었다. 어머니의, 형의, 친구의, 누나의, 애인의, 동생의… 어쩌면 그런 아무렇지 않은듯한 태연한 목소리들은 나에게 잘 듣는 안정제와 같았다.

뭐랄까 꼬마였을 때의 나를 떠올려본다. 한참 귀신이라는 것에 대해 무서움을 가진 꼬마 아이는 어느 날 공포영화를 보며 다 영화일 뿐이라고 말하는 아버지의 작은 속삭임을 듣는다. 나의 손을 꼬옥 잡아주며, 다 영화일 뿐이라고. 그렇게 나는 그 속삭임에 기대어 무서운 영화를 끝까지 보았던 적이 있었다.

"괜찮아. 다 영화일 뿐이야."

무서운 장면이 나올 때마다, 귓가에서 들려오는 그 짧고 작은 태연함. 다 알고 있다는 듯 흔들림 없는 톤의, 따뜻한 입김과 함께 들려오는 그 목소리는 쿵쾅거리는 내 마음 안으로 스며들어와 금방이고 나를 안정시켰다. 어쩌면 훌쩍 커버린 나에게도, 태연한 목소리를 듣는 일은 그런 류의 안정이었다. 공포 영화에서 나오는 시끄러운 비명소리를 뚫고 내 귀에 들리는 차분한 목소리처럼, 이 두렵고 무섭기만 한 세상에서 그런 작고 태연한 목소리들은 나를 꽈악 하고 잡아준다. 흔들리지 않게 무너지지 않게 깨지지 않게. 그렇게 꽈악 하고.

그래서 오늘도 말을 걸고 묻는다. 시시콜콜. 그 뭐라도 이야기를 건넨다. 꼭 힘들다는 투정이 아니더라도, 그 무엇이라도.

괜찮다고. 다 지나갈 것이라고. 별일 없을 거라고. 이러한 위로보다도, 태연한 사람들의 반응을 듣기 위해서. 비록 변하는 것은 없더라도, 상황이 괜찮아지지 않는다 하더라도, 그것으로부터 위로받기 위해서.

그래. 그런 다 알고 있는 듯한 태연한 목소리와 문장은 언제이고 흔들려 왔던 나를 꽉 하고 잡아주었다. 지금까지 늘 그랬고, 앞으로도 쭉 그럴 것처럼.

"괜찮아. 너무 무겁게 생각하지 마. 지나갈 거야."

오늘도 시시콜콜 말을 건넨다. 무거운 이야기부터 제법 가벼운 이야기까지. 그렇게 우리는 사람들과의 대화로부터 가장 보통의 위로를 받는 것 아닐까. 가장 보통의 안정을 얻는 것 아닐까.

갈 거면
떠나가라
다신
돌아오지
않을 것처럼

올 거면
내게 와라
다신
떠나가지
않을 것처럼

경계

———

저기, 하늘과 땅의 경계가 뭐라고 생각해? 그게 있기나 해? 만남과 헤어짐의 경계가 무엇이라고 생각해? 당신이 바라보는 지평선이 바다와 하늘의 경계라고 생각해?

아니야. 모든 경계는 허울뿐인걸. 그것은 쉽게 허물 수 없고 예측도 할 수 없지. 내가 바라본 풍경에서는 지평선이 바다와 하늘의 경계인데 말이야, 그 일직선엔 어떤 것이 떠 있기도 한다니까. 봐봐, 말이 된다고 생각해? 내가 본 지평선에선 어떤 섬이 하늘과 땅의 경계에 둥둥 떠 있더라니까. 누군가는 그 섬에서 저 멀리의 다른 경계를 보고 있겠지. 그 누군가가 보는 경계에선 내가 하늘과 땅의 경계에 서 있을 수도 있는 거고.

맞아. 그 사람을 마음에서 죽이고자 다짐했을 때 내가 보고 있는 우리는 만남은 사랑과 이별의 경계에 걸쳐있었지만, 그 사람의 시점에선 어땠을까. 아직은 너무 먼일이라고 생각했을까. 갑작스러운 죽음이라든가 갑작스러운 이별이라든가 갑작스러운, 갑작스러운. 그 갑작스러운 것은 모두 같은 곳을 바라보지 못함에서 나오는 경계라는 허울이라는 거야. 우리 할머닌 갑작스럽게 삶과 죽음의 경계에 섰지만, 그것은 할머니에겐 갑작스러운 것이 아니야. 나는 수험생이어서 책만 들여다보기만 바빴지. 내가 할머니의 아픔과는 정반대 쪽을 보고 있던 거야.

단지 그것뿐. 서로 같은 곳을 바라본다는 것과 아닌 것의 차이. 경계라고 불리우는 어떤 시점을 알아챌 수 있다는 것. 마음의 준비를 할 수 있다는 것. 단지 그뿐이지만 어떤 관계에서는 너무도 중요한 것. 아니, 어떤 관계에서는 그것이 전부일 수도 있는 그런 것.

전부 허울뿐인걸. 우리가 경계라고 부르는 그런 것들 말이야.

그렇게 살아가면 된다

———

　전깃줄처럼 복잡하게 이어진 관계에서 살아남는 방법은 연이 끊어져도, 마음은 흐르고 있다고 믿는 것이다. 그렇게 마침표를 찍고 더 이상 물음표를 던지지 않는 것. 이어져 있다는 것을 대충의 눈대중으로 쉬이 판단하지 말 것. 떨어져 있다 해도 언젠가 연이 될 수 있다는 사실을 놓치지 말 것. 마음이 흐르고 있다면 언제든 다시 이어질 수 있다는 것. 그것을 믿고 너는 나아가면 된다. 그래도 아쉽기만 한 관계가 있다면, 먼저 마침표를 찍어 온몸으로 보여줄 것. 그래도 물음이 오지 않는다면, 그 관계는 마음이 절단된 관계라는 것을 잊지 말 것. 그래, 그렇게 믿고 너는 살아가면 된다.

걷어차서 미안해요

———

　추워서 이불을 덮었어요. 이불도 혼자 외롭게 버려졌던 탓일까요. 온몸으로 내 살갗을 덮는 이불이 싸늘하게만 느껴져요. 그리곤 당신을 덮을 때 나는 생각했죠. 이 사람, 얼마나 오랜 시간 어떤 사람에게 데워져 있었으면 이렇게 따뜻할까. 이 온기는 어떤 사랑으로부터 나왔을까. 그리곤 괜히 두려워요. 따뜻할 준비가 안 된 나에겐 과분한 온도라고요. 그 따뜻함이 힘겨워 걷어차버릴 것만 같아요.

　그래서 결국 누가 상처를 받냐고요? 우리 둘 다 상처투성이가 될 거예요. 나의 발길질은 따뜻한 당신조차 싸늘하게 만들고, 밤새 꿈꾸는 동안 추위에 아등바등하다 독한 감기에 걸리는 건 나고요. 아무래도 내가 춥다고 사람을 덮는 건 잘못된 것 같아서 그래요. 더 이상 이용하지 않으려고요. 덮었다 걷어차서 미안한데요, 아직은 꿈나라로 가긴 이른 시간인 것 같아요. 나는 따뜻한 이불보다, 내 몸을 녹일 시간이 필요한가 봐요. 당신에게 맞는 따뜻한 사람 만나요. 미안해요.

사랑 받으려
애쓰지 마라
너는
너 자체로
사랑받을
이유가
충분하니까

너는
너대로
참 괜찮은
사람이니까

나는 나답게

———

　당신을 미워할 것들은 당신이 그들의 입맛에 맞춰 변한다 해도 여전히 당신을 미워할 것이고, 당신을 사랑하고 있는 것들은 당신의 변한 모습에 되려 실망해 당신을 떠나갈 가능성이 높다. 미움으로부터 자유와 사랑을 지켜내는 최고의 방법은 "나는 나답게"이다. 사람과 사람 사이의 원만한 관계를 위해서 내가 변해야 할 필요가 없다.

당신만의 향기

———

　그 어떤 음식도 모두의 입맛을 만족시킬 수 없듯 그 누구도 모두에게 사랑받을 순 없습니다. 그 어떤 향기도 모두에게 좋은 향이 될 수 없듯, 그 누구도 모두에게 좋은 사람이 될 순 없죠.

　누군가에게 사랑받지 못한 당신. 누군가에게 좋은 사람이 되지 못한 당신. 그러니까 너무 슬퍼 말아. 누가 뭐라고 해도 당신은 여전히 향기롭고 따뜻한 당신만의 향기를 품은 사람이니까.

너무 슬퍼 말아. 당신만의 향기를 품은 사람아.

그래왔던 당신에게

___

혼자가 된다는 것은 짐 없는 여행처럼 편하기도 하지만, 가끔은 혼자가 되는 것이 두렵기만 한 당신에게.

나는 나를 에워싸는 모든 친숙한 것들에 대해 무심하게만 대해왔다. 그것들 중 겨우 단 하나만 떠나갔을 뿐인데, 나는 왜 혼자 남겨진 기분이 들어 바닷물마냥 짠 내 나는 술을 퍼마시고 있다.

속상함이나 외로움이나 그리움 같은 깊은 감정에 대하여 암묵적인 사과를 하고 있는 당신에게. 위로라는 것들이 죄다 위로 같지 않게만 느껴지는 당신에게.

나는 밖으로 나와야만 하는 모든 고름 같은 감정에 대해 욱여넣기만 했다. 그것들이 내 안에서 썩어난다고 해도 왜 소화하지 못해 밤마다 가슴을 움켜쥐고 아파해야만 했다. 나는 그것들을 밤새워 식은땀으로 배출할 수밖에 없었다.

세상에 혼자 남겨진 것처럼, 이곳저곳 자취를 남겨놓고 방황하는 당신에게.

누군가 나를 읽고 찾아줬으면 하는 마음으로 나는 글을 쓴다. 그것이 모래사장에 적힌 이름들처럼 쉽게 흩어진다고 해도 나는 오늘도 적어나가야지. 그래야지 나는 연기처럼 흩어지지 않을 것만 같으니까,

그러니까 나는 그렇게 나아가야지.

사랑받지 못함에 눈물 한 움큼씩 쥐어짰을 당신에게.

남을 위해
사는
착한 사람
말고

나를 위해
사는
좋은 사람이
되기를

너는 모르는 사랑

내가 누군갈 간절히 생각하며 속으로 나 한 번만 생각
해달라 울고 있을 때에도, 내가 잊고 지냈던 어떤 누군가
는 나를 향해 "나를 한 번만 생각해달라." 울고 있을 것이
다.

내가 누군갈 향해 저주를 퍼붓고 있을 때에도, 누군가
는 나를 향해 "저 사람만 없어졌으면"이라 말하며 나에
대한 미움을 가지고 벽을 치고 있을 것이다.

내가 저 사람은 뭘 하든 멋있다 생각하며 동경할 때에
도 누군가는 나를 동경하고 존경하며 내 모습을 따라 하
려는 사람이 있을 것이다.

나는 누군가에겐 보고 싶은 사람이고, 누군가에겐 없
어져야 할 사람이며, 누군가에겐 닮아가고 싶은 사람이
다. 아무리 착한 사람이라도 누군가에겐 나쁜 사람이 되
고, 아무리 나쁜 사람이라도 누군가에겐 좋은 사람이 된
다. 그러니 어떤 사람에게 미움받는다고 너무 상심할 필
요가 없다. 모든 사람에게 사랑받길 원한다는 그 생각을

버려야 한다. 단, 잊지 말았으면 한다. 당신도 누군가에게 당신은 모를 사랑을 받는 존재임을 알고 살아갔으면 한다. 당신도 누군가에겐 꿈이자 목표라는 사실을 잊지 않고 살아갔으면 한다.

내가 지금 이 순간에도 당신의 생각을 하는 것처럼 말이야.

당신이 누군가에게 밟히고 무시당한다 하여도, 당신은 누군가에겐 동경의 대상이었습니다. 그것을 억지로 받아들이지 않아도 괜찮습니다. 그냥 그렇다 하며 나아가시면 됩니다.

보석으로 살아요

　내가 99개의 단점을 가지고 있어도 1개의 장점을 알아
주는 내 사람이 있고, 내가 99개의 장점을 가지고 있어도
1개의 단점을 찾아내 나를 걷어차려는 사람이 있습니다.
그런 사람에게 자신을 갈아서라도 보석처럼 보일 필요 전
혀 없습니다. 나는, 나를 알아봐 주는 사람들로부터 살아
가면 그만입니다.

　나의 가치를 알아주는 사람의 보석으로 살아요. 나의
가치를 몰라주는 사람의 돌멩이로 살지 말고.

나 자신을 위한 사랑

나는 당신에게 소중한 사람은 아니어도 필요한 사람이길 바랐다. 모든 관심과 집중은 아닐지라도, 흘러가는 일상 속 당신을 잠시 멈추게 할 예쁜 것이기를 바랐다. 참 바보 같고 어리석었지.

어차피 당신은 모른다. 사소한 것을 바라는 나의 마음까지 사소한 것은 아니라는 것. 나 또한 무지했다. 사소한 것을 바랐다고 아픔까지 사소한 것은 아니라는 것.

바라는 게 많으면 불편하다고 하지만, 바라는 게 적으면 아쉬움이 길다. 나는 이제 차라리 불편한 사랑을 택하고 싶어. 다음 사랑은 나 자신을 위해 많이 바라며 사랑하고 싶어. 그 사람을 위한 사랑은 아름답지만 나 자신을 위한 사랑은 행복하니까.

이젠 행복한 사랑을 하며 살아가고 싶어.

너처럼
예쁜 꽃을
지나친
사람을

그만
아쉬워하렴

너의 슬픔을 인정해

—

— 너무 슬퍼. 고작 개 하나 없어진 것뿐인데 세상이 허전하고, 개가 없는 내 일상이 너무나 어색해. 고작 개를 만나기 전의 나의 상태로 돌아간 것뿐일 텐데 말이야. 내 모든 것이 무너져내려 버렸어.

— 응 맞아. 당연한 거야. 불편하게만 느껴졌던 손톱도, 어느새 길어버린 머리카락도, 잘려 나가면 그만의 허전함이 따라오잖아. 하물며 너의 전부였던 그 사람이 잘려 나갔는데 어색하지 않고, 허전하지 않고, 슬프지 않다면 그것이 더 슬픈 거 아니겠어? 슬픔과 허전함을 인정해. 너의 사랑을 거짓으로 만들지 마. 괜찮아. 온몸을 다해 슬퍼하고 조만간 웃는 얼굴로 돌아오는 거야. 좋은 일 생길 거야.

눈물

———

보석 같은 눈물을 흘리는 사람이 되어라. 어떤 날은 그것이 너무나 아까워, 방구석에 숨어 남몰래 털어놓을지라도. 아름다운 그 눈물 떨어지기 전에 누군가 옷소매로 스윽 훔쳐 가는 그런 눈물 흘리는 사람이 되어라.

———

쉽게 흘리고 자신을 탓하기만 하는 당신에게 해주고 싶은 말. 보석 같은 눈물을 흘리는 그런 사람이 되어라.

힘차게 달릴 것

인생은 긴 선로 위에 열차 같아서, 내릴 사람은 내리고 탈 사람은 타고 종점까지 갈 사람은 가게 되어있다. 안달 해 봐도 안 되는 게 인연. 그러니 너무 애쓰지 말 것. 기분 좋게 받아들이고 흘려보낼 것. 그래도 슬플 때는 힘차게 달릴 것. 다음 정류장으로.

힘차게 달릴 것 다음 정류장으로.

얼마나
좋은 일
있으려고
이렇게
힘들까

얼마큼
행복한 일
생기려고
이토록
아플까

쥐어야겠다

———

  삶을 살다 보면 내가 가진 것을 놓아버리고 싶은 무기력함이 수도 없이 밀려온다. 놓으려는 찰나 코끝이 시리다. 그것은 무언가를 놓아버려야겠다는 생각을 한 자신에 대한 한심함도, 무언가가 떠나갈 것이라는 막연한 두려움도, 그것이 결국은 내 것이 아니라는 상실감도 아닌 내가 놓아버릴 것이 있다는 것에 대한 최소한의 감격. 혹은 그것보다 조금 더 분해된 작고 작은 감정이라 생각한다.

  떠도는 말로는 진정한 내 것이라면 꼭 쥐고 있지 않고 놓아버린다 해도 내 곁에 머문다고 했다. 틀린 말은 아니다. 무언가는 꼭 쥐고 있지 않아도 어느 정도는 내 곁에 머물고 있다. 그러나 우리는 알아야 한다. 그 어느 정도의 시간조차 나에게서 떠나가고 있다는 것을. 그래서 잘못 해석되곤 한다. 그 말은 절대 그것이 이미 내 것이니까, 쉽게 놓아도 된다는 말과는 관계를 이루지 못한다.

  그러니 오늘도 필사적으로 쥐어 잡고 있어야겠다. 손에 가시가 박혀 피가 난다 해도, 시린 바람이 긁고 간 불어터진 마디 근육으로라도 이것을 꼭 쥐어야겠다. 사람은 태어나서 온전히 내 것이라고 자부했던 존재에 대한 티끌만 한 증명도 하지 못한 채 운명한다. 나는 또 다짐한다. 꼭 쥐고 있어야겠다. 시간은 흐르고 비는 떨어지고 눈은 녹는다. 사람에겐 시간이 있고 지구에는 중력이 있다. 그러니 오늘 또 쥐어야겠다. 내가 붙잡고 있지 않다면 내 곁에서 떨어져 버릴 들뜬 관계와 희미한 상황, 그리고 얄팍한 존재가 무수하다.

사람에게는 시간이 있고, 지구에는 중력이 있다.

상심하지 말 것

———

    너무 큰 바지는 흘러내리기 마련이고 너무 작은 바지는 허리를 졸라매기 십상이다. 그렇게 계속 입어보고 입어보면 나와 딱 맞는 바지가 하나쯤 나오기 마련. 인간관계도 이와 같이 많은 경험으로 이루어져 있으니 맞지 않았던 무수한 관계에 대하여 너무 상심하지 말 것.

해바라기 식당

———

집 근처에는 왼편의 으뜸마트를 끼고 우측 골목으로 쭉 가면 간판이 거의 지워졌다 싶은 동네 식당이 하나 있다. 그 식당은 아침과 낮에는 허름하기만 한데 해가 지고 어둑 어둑해지는 시간이면 조용한 골목길을 비춰주는 등대 역 할을 하는 중요한 식당이다. 어두울 때 비로소 빛나는 것이 다.

요즘 가게들은 밤이 되면 전부 반짝 반짝이는 네온이 눈을 어지럽히는데, 이 식당은 타들어가고 있는 필라멘트 의 빛이 전부이다. 네온은 빛나는 것이 아니라, 티를 내는 것이라 생각했다.

전구의 빛이 유리문 안으로부터 나와 유리문 밖으로 삐 져나오면서, "아침밥 합니다."라는 스티커 문구가 아스팔트 위에 도장처럼 찍힌다. 식당 주변만큼은, 밤에도 아침의 그 림자가 지는 것이다.

골뱅이무침 그리고 김치전 부추전 파전 번데기 탕….

그 식당엔 우리 엄마보다 20살은 더 많아 보이시는 할머니가 계셨다. 나는 메뉴를 고르다가 할머니에게 말을 걸었다.

"할머니 여기서 제일 맛있는 음식이 뭐예요? 그거랑 막걸리 먹으려구요."

"막걸리에는 파전이 좋지유."

"그럼 파전 두 장이랑 막걸리 주세요. 어… 여긴 몇 년 되셨어요?"

"기억은 안 나유. 찾아와주니까 계속하는 거지 뭐. 그게 중헌가."

파전과 막걸리는 특별할 것이 전혀 없었다. 그것보다는 주방에서 나는 음식 냄새가 무척이나 특별했다. 연기는 현대식 가게처럼 잘 빠져나가지 않아, 연기에 배어있는 음식 냄새가, 내 파카에 전부 흡수될지도 모르겠다고 생각했지만 그것도 괜찮다고 생각했다. 이런 연기는 따듯함을 담고 있을 것만 같았다. 집으로 가기 위해선 5분 정도 걸어야 하는데, 그동안 참 따듯하겠거니 생각을 하면서 말이다.

십몇 분이 지난 후엔, 할머니는 번데기 탕을 했다면서 가져다주었다. 주방에서 나는 음식 냄새가 특별했던 이유였다.

"할머니. 저 이거 안 시켰어요."

"겨우 파전 두 개에 술 마시면 속 배려유."

"아… 감사해요. 잘 먹을게요. 할머니, 힘들진 않아요?"

"힘들지. 그래도 찾아와주니까. 그게 뭐 중헌가. 재개발인가 뭔가 시작한다는데 그럼 나도 편하게 쉬겠지 뭐. 뭔놈의 새끼들은 여기를 그렇게 바꾸려고 그렇게 난리 통이여. 아직 찾아와주는 사람이 있다고 고래고래 말을 해도 재개발을 해야 쓰것다는 거 아녀. 찾아와주는 사람이 있다니까 아직도!"

"더 깔끔해지잖아요. 좋게 생각해요."

"좋게는 개뿔. 여기는 이제 끝났어유. 재개발하면 여기여기 그 뭐신가 벽지도 바꿔야 하고 전부 다 바뀔 것인디 뭣 하러 언놈이 찾아온다니. 여기는 그 때문에 오는 거 아녀. 여기는 여기만의 그것 때문에 오는 것인디…."

할머니의 대화는, 적당한 술안주로 섞여 들어갔다. 식당에는 안줏거리가 참으로 많기도 했다.

"잘 먹고 갑니다."

식당에서 나와서는, 집으로 향하기 전에 외벽에 손을 대 보았다. 가야지, 가야지 하면서 이사 갈 때가 다 돼서야 와 본 식당에게 인사를 건네본다. 이렇게 차갑기만 한데, 왜 따듯하게 느껴지는 것일까.

찾아와준다는 것은, 할머니의 말대로 모든 것을 잊어버려도 될 만큼 중요한 것이다. 찾아와준다는 것은 그런 것이다. 지킬 것이 생기는 것. 굳이 변하지 않아도 되는 것. 아니, 변하려고 하지 않아야만 하는 것. 있는 그대로가 참 좋아지는 것.

그 식당은 나에게 부러움의 대상이 되었다. 아무도 없을 것 같은 허름함에 은은함. 소박한 불빛. 나와 참 닮았지만, 나는 네가 참 부럽게만 느껴진다. 소소하게나마 너를 알아주는 이 있어, 나는 네가 참 부럽다. 온 맘으로 지켜주는 이 있어 나는 네가 참 부럽다. 너의 살은 이렇게나 차가운데, 나는 너에게 안기고만 싶구나. 너의 삶은 이제 곧 문 닫겠지만, 그래도 나는 너처럼 살아가고 싶구나.

온 마음을 다해 찾아준다는 것은 나에게 늘 부러운 일이었다.

힘든 일
단번에
몰려와
주저앉은
당신에게

행복한 일
파도처럼
밀려와
잠겨버릴 수
있기를

담대함

———

너무 웅크리고 있는 건 아무것도 아닌 걱정임에도 불구하고 깊이 잠기게 만듭니다. 너무 웅크리고 있으면, 발이 닿는 물에도 하염없이 허우적거리게 되거든요. 그러니 발 쭉 펴고 담대하게 있어야 해요. 분명 잠길 만큼 깊지 않을 거예요. 그 걱정은.

색깔의 본질

—

　과학 선생님은 하늘이 어떻게 하늘색으로 보이느냔 질문을 했고, 교실에 있는 그 누구도 선뜻 답을 내놓지 못했다. 선생님은 색의 본질에 대하여 설명하면서 색은 단지 빛을 반사하는 성질에 의해 그렇게 '보여지는 것'이라고 했다. 정말로 하늘이 푸른색이 아니라 푸른빛을 반사해서 푸른색으로 보여지는 것뿐이라고 말이다. 원래 모든 사물은 무채색으로 색이 없는 상태라고.

　나는 배운 내용이 이해되지 않는 탓에 집에 도착해선 엄마에게 물었다. 엄마, 과학 선생님이 그러는데 사물은 원래 색이 없지만, 그 색의 빛을 반사해서 우리 눈에 그렇게 보이는 거라더라. 그럼 엄마 살은 살구색 빛을 반사하는 거야? 엄마 살에 색이 없다니 그럴 리 없어. 저 하늘에도 색이 없다니. 그럴 리 없어. 그 말에 엄마는 선생님의 말씀이 맞다고 했다. 빛이 반사되면서 그 색처럼 보여지는 것뿐이라고. 나는 또 물었다. 색을 반사하는 것이 아니라 품고 있어야 그 색으로 보이는 거 아니냐고 말이다. 예로 들어 엄마의 살이 살 색을 품고 있어야 내 눈에도 살색으로 보일 것이고 하늘

은 하늘색을 품고 있어야 하늘색으로 보일 것이라고 말이
다. 엄마는 이에 웃으며 이야기했다. "애야 세상 모든 것은
품은 것과는 반대로 보여지려고 하는 거란다." 어쩔 수 없이
받아드리지 못하는 것을 보여주려고만 한다고 말이다. 나는
그 말이 도통 무슨 말인지 이해가 가지 않았다. 겉으론 고
개를 끄덕였지만, 어린 마음으로 생각했다. 분명히 색을 품
고 있을 것이라고. 엄마의 살은 살구색을 저 높은 하늘은
하늘색을 품고 있는 것이라고.

아, 그때는 이해할 수 없었던 이야기들을 마음으로 이해
하는 날이 오다니. 시간이 무척이나 흘러선 그때의 말을, 색
의 본질에 관한 이야기를 생각한 적이 있다. 이제야 알겠더
라. 선생님이 말씀하셨던 '보여지는 것'의 뜻. 실제로는 그
렇지 않은데 그렇다고 인정해주는 것. 또는 무척이나 그렇
게 보이기 때문에 그렇다고 정의를 내려주는 것. 모든 사물
은 무채색이 분명하겠지만 어떠한 특정의 빛을 반사하여 그
렇게 보인다고 인정해주는 것이다. 엄마의 살도. 저 높아 보
이는 하늘도. 결국, 다 그런 색을 띠고 있다고 말이다.

색의 본질처럼 과학적으로 증명된 사실과 다르게 아무
런 증거도 근거도 없지만 '세상 모든 것은 품은 것과 반대로
보여지려고만 하는 성질'이라는 어머니의 말이 나에게도 와
닿게 되었다. 삶은 대체로 내가 품고 있는 것의 반대로 보여
지려는 성질을 가지고 있다고. 예로 들면 슬픈 마음이나 행

복한 마음 같은 것들. 내가 품고 있는 마음과는 반대의 마음을 보여주려고 노력했던 무수한 날들이 떠올랐다. 어쩌면 나도 세상의 이치대로 흘러가고 있구나 했고, 행복해 보인다는 말. 슬퍼 보인다는 말. 어쩌면 '그렇게 보여지는 것'이라고 인정해 주는 것이겠구나. 했다.

물론, 삶이 품은 것 그대로를 보여준다고 생각하는 사람도 있을 것이다. 어린 내가 하늘이 정말 하늘색을 품고 있을 거라 믿었던 것처럼 말이다.

하지만 나는 내가 꼭 그렇게 행동했더라 생각했다. 행복해 보이려고 안간힘 썼던 날들을 뒤돌아보면 행복하지 못했던 적이 무던했고, 또 외롭고 슬퍼 보이고 싶은 때에는 대체로 슬픔을 품지 못한 경우가 많았다. 나는 생각했다. 사물은 원래 무채색이라고 했던 과학 선생님의 말처럼 어쩌면, 세상은 전부 무채색의 마음일 것이라고. 품고 있는 슬픔과는 다르게 행복한 척하는 사람도, 혼자임에도 충분히 행복하지만 외로운 척하는 사람도 전부 슬퍼 보이는 이유 때문이다.

이제야 그 뜻을 깊이 이해했다. 전부 무채색이라는 말. 채도 없는 삶을 이어가는 것이구나 하고. 그중에 어떤 품지 못하는 마음을 무던히도 내비치고 있는 것이었다. 서로가 상반됨에 수렴하는 마음끼리 품고 반사되고를 반복하는 것이다.

다 그런 거지요

———

저 높은 하늘도 눈물샘 마를 날 없어 빗방울 한가득 쏟아 낸답니다. 저 넓은 바다조차 멀리 떠 있는 님 그리우며 평생을 그렇게 흔들린답니다. 하물며 당신이라고 눈물 한 방울 없이 맑을 수만 있겠습니까. 휘청거림 한 번 없이 살아갈 수 있겠습니까. 괜찮습니다. 괜찮습니다. 다 그런 거지요.

괜찮습니다. 다 그런 거지요.

사소한
걱정으로
망친
나의 하루는

결코
사소하지
않았다

외로움은 시인을 낳는다

———

　태어남과 동시에 외로움을 부둥켜안고 살아간다. 슬픔을 찍어내는 일은 인간의 본성이다. 어두울 때 달이 보이는 것처럼 눈을 감으면 잠이 오는 것처럼 목이 마르면 물을 마시는 것처럼.

　사람은 떠나야 할 때를 스스로 아는 것과 같이, 외로움과 슬픔이 하는 일이라곤 단세포 생물처럼 저 스스로 증식하는 일임을 알아야 마땅하다. 손톱을 물어뜯는 것은 나이가 들어가며 잊게 되는 버릇이라지만 조금의 불안함이 나를 덮치기라도 한다면 다시 어린아이로 돌아가 손톱을 물어뜯는 것처럼, 우리는 한동안 잊고 살다가도 어두워지는 하늘만으로 외로움을 겉옷 삼아 긴 새벽을 견디는 것이다. 그래서 외롭다는 것은 슬프다는 것은 숨을 쉰다는 것이다. 매 밤마다 나는 무엇인가를 붙잡고 슬픔의 인질극을 펼쳐야만 했다.

　생은 언제나 외로움을 갈구하여 시인을 낳는다. 그래서 우리는 조금 더 그러한 감정에 대하여 겹겹이 쌓아갈 이유가 있다. 오늘이 슬프다고 해서 내일의 행복을 바라는 것은 힘에 부친 삶이 분명하다. 시월이 슬펐다고 해서 십일월은 행복하라는 말은 죄다 썩어빠진 문장들이다. 슬프다는 것은, 외롭다는 것은 그렇다. 어두울 때 달이 보이는 것처럼 눈을 감으면 잠이 오는 것처럼 목이 마르면 물을 마시는 것처럼. 그것을 인정해야만 우리는 이따금 잔잔하기만 했던 어떠한 상황으로 되돌아갈 준비를 할 수 있다는 것이다.

나는 이 스스럼없는 단상으로 외로움을 곱씹어 보려 한다. 내일은 조금 더 슬픈 하루임을 다짐하고는 좋은 꿈을 꾸어야겠다. 바라지 않고 인정함은 때때로 고요함을 불러오기 때문이다.

외로움이 몰려올 때면 나는 그것을 덮어 따뜻한 새벽을 보내야겠다.

내 삶에서의 주인공이 될 것만 같았다

———

　정말 힘이 들 때면. 그러니까 보통의 힘이 드는 것과는 다르게 내쉬는 한숨이 감기에 걸린 듯 무겁고 아프게 느껴질 만큼 힘이 들 때면. 그 정도로 버거울 때가 되면 나는 내가 가진 걱정과 고민을 믿을만한 사람에게조차 털어놓지 않는다. 내가 속마음이라도 털어놓으면 그 사람에 대해 실망하는 일이 잦아들기 때문이다. 타인은 늘 그에 대한 해법을 이야기하지만, 나는 해법을 듣고 싶은 것이 아니었다. 때론 논리 정연한 해법보다도, 어쩌면 도움은 되지만 받아들이기 힘든 진실보다도, 그냥 무조건 내 말이 맞다고 쓰다듬어주는 사람이 필요하기 때문이다. 나는 정말 힘들 때가 오면 그 어떤 사람보다 그런 사람이 필요했다.

　그게 혹여 틀린 방법일지라도 또 그게 혹여 잘못된 마음가짐이라고 하더라도. 무조건 내 말이 맞다고. 그래. 세상 사람들도 다 그렇게 생각할 거라고. 네가 생각한 게 맞다고. 잘했다고. 네가 옳다고. 누군가 알아줄 거라고. 기죽지 말라고. 곧 괜찮아질 거라고.

아, 그렇게 누군가 나의 축 처진 어깨를 감싸주며 응원해주는 척이라도 보여준다면 하고 생각한다. 그래. 그렇다면 나는 영화나 만화에서 나오는 주인공이 된 것처럼 두 눈에 힘을 주고 다시 거친 세상을 항해할 수 있을 것만 같았다. 포기할 줄 모르기도 하고 무모하기도 하지만 결국은 살아남는. 아니, 살아남게 되는. 그런 주인공이 될 것만 같았다. 수많은 난관 속에서도 결국은 타파해나갈 것만 같은 그런 믿음직한 주인공이 될 것만 같았다.

나는 가끔씩 무조건적인 지지가 필요한 사람이었다. 내 삶 안에서 살아남는 주인공이 되기 위해서.

시작과 끝에서

———

　씨앗이 죽어야 싹을 트일 수 있다. 언제나 끝이라고 한 숨 쉴 때에, 들숨으로 새로운 공기가 들어온다. 모든 끝은 시작과 같을 때 이룰 수 있고 또 모든 시작은 끝처럼 간절해야 위대할 수 있다. 내가 끝이라며 멈추어 섰던 모든 길들은 지금껏 마주하지 못했던 어떠한 길을 향한 과정에 불과했고, 내가 시작이라며 벅차했던 순간조차 지금 이 순간 새로운 시작을 위한 거름이 되었다. 이 모든 것은, 시작과 끝에서.

가끔은
힘내,
괜찮아라는
위로가

세상에서
가장
잔인한 말로
들릴 때가
있다

좋은 일 생길 거야

———

누군가에게 버림받은 사람에게 "괜찮아 금방 잊을 거야."라는 말은 무척 잔인하게 들릴 때도 있습니다. 잊는다는 것이 고통인 사람도 있을 것이고, 또 괜찮아질 것이라는 희망이 오히려 그것만을 바라보게 만드는 일종의 희망 고문이 될 수도 있으니까요.

그래서 저는 함부로 "괜찮아 금방 잊을 거야."라는 말을 쓰지 않습니다. 가볍게 "좋은 일 생길 거야." 이렇게 말합니다. 그 사람을 잊게 되든지, 다시 그 사람을 만나게 되든지, 어떤 다른 사람을 만나게 되든지. 좋은 일이 생기게 될 거예요.

"좋은 일 생길 거야."

지나가면 별거 아니야

―――

네 말이 맞아. 사실 모든 것은 지나가면 별거 아니야. 근데 있잖아, 나는 그 지나 보내기가 너무 힘들어서 이렇게 앓고 있는 거야. 그러니까 지나가면 별거 아니라는 말은 아무짝에 위로도 되지 않아.

가끔은 위로하지 말고 내 곁에 말없이 있어줘. 나에게 평소처럼 아무렇지 않게 행동해주는 것이 오히려 위로가 되곤 하니까.

말과의 전쟁에서 늘 승리하시기를

———

실패는 성공의 어머니라는 격언을 싫어합니다. 이 격언을 악용하게 되면 무엇인가 시작할 때, 실패해도 까짓것 경험이니까 괜찮다는 생각이 머릿속에 박히게 됩니다. 나도 모르는 사이 시작한 것에 대한 애절함이 없어지기 딱 좋은 격언이기 때문이죠.

짧은 인생을 살았지만, 가면 갈수록 삶은 달콤한 문장과의 전쟁이라 생각됩니다. 늦깎이 수험생 시절엔 "시작이 반이다."라는 짧은 격언 하나 때문에 틀린 4점짜리 문제만 해도 몇 개는 될 것 같네요.

"있을 때 잘해라." 이 말은 "부모님이 돌아가시기 전에 잘해라." 이 말인가요? 그런 뜻이라면 꾸미지 않은 그 상태 그대로 말해야 합니다. "부모님이 돌아가시기 전에 잘해라." 이렇게. 보통 사람의 진가는 그 사람이 없을 때 나타나거든요.

"있을 때 잘해라."보다는, "없을 때 잘해라." 이 말이 정확한 격언 같습니다. 앞 통수보다 뒤통수가 더 아픈 법이죠. 쨌든 그렇습니다. 말과의 전쟁에서 늘 승리하시기를.

말과의 전쟁에서 늘 승리하시기를.

슈퍼맨도

늙는다

오랫동안 보고 싶습니다

———

아빠가 문틀에 내 키가 얼마큼 자랐는지 한 달에 한 번
씩 철자로 그어가며 많이 컸다고 안아줄 때만 해도, 동물
원에 가면 사진을 찍어 현상화된 필름을 간직하고 그것을
몇 번이고 인화하면서 사진을 보관했어요.

잊어버리면 다시 인화하고 누군가에게 보여주고 싶을
때 인화하고요. 하지만 대부분은 어딘가에 나눠주고 내가
몇 장 가지고 있고 몇 개는 잃어버릴 것을 예상해서 많은
양의 사진을 한 번에 인화하곤 했죠. 사진관에 갈 때마다
뭐 그리 좋은지, 동전을 한 움큼씩 쥐어서 동전 자국과 달
짝지근한 쇠 냄새가 손바닥에 가득 배었어요.

언제부터일까요. 그다음부턴 디지털카메라라는 게 나
와서 크고 자주 잃어버리는 필름보다는 컴퓨터에 사진을
보관했어요. 아빠는 항상 최신화기기를 사는 것을 좋아했
거든요. 그래서 우리 가족은 디지털카메라가 나올 때에
바로 구매를 했어요. 그 디지털카메라를 산 다음 주에는
할아버지 할머니와 칼국수를 먹으러 가서 요즘은 이런 카
메라도 있다고 자랑하던 아버지 생각이 나요.

그 후로 일 년쯤 지났을까요. 할아버지가 돌아가셨을 때에도 아버지는 울음을 터뜨리지 않을 것 같은 덤덤한 표정으로 고개 숙이고 있으셨는데요. 집에 와서 소주를 드시곤 컴퓨터를 켜셨어요. 그리곤 칼국수 집에서 찍었던 할아버지 사진과 칼국수를 드시는 할아버지의 동영상을 보고 고개를 푹 숙이셨던 기억이 나요. 그때 아빠의 흐느낌을 나는 정확히 기억해요. 그리고요, 그리고… 디지털 카메라 다음으론 아마 핸드폰으로 넘어갔을 거예요.

어… 얼마 전에는 어버이날이었어요. 오랜만에 엄마 아빠가 너무나 그리워서 핸드폰을 키는데요, 엄마 아빠 사진이 한 장 없는 거예요. 그래서 카카오톡을 켜서 동생이 보내준 엄마 아빠 사진을 저장하려고 하니까, 이미 기한이 만료된 사진이라더군요. 사진이요, 그 저장하지 못한 사진들이 말이에요. 기한이 만료됐다고 해요.

그리곤 생각했어요. 이제는 차라리 편해지지 않았으면 좋겠다고. 기억을 저장하는 방법 말이에요. 내가 필름으로 사진을 인화하는 시대를 살았다면 어머니 아버지 사진 몇 장쯤은 박스에 고이 간직해서 꺼내 볼 수 있을 텐데 말이죠.

요즘 들어서 느낀 건데, 이제는 어렵게, 어렵게 살아가고 싶어요. 불편하고 뻐근하고 삐걱거리게 살고 오랫동안 기억하고 싶어요. 카카오톡으로 사진을 보려 해도 불러올 수 없다고 나와요. 보고 싶은 내 마음은 이렇게 큰데, 사진은 무슨 사진인가 확인조차 할 수 없더라고요.

아… 그 이후로 줄곧 속상해요. 정말 자세히 보고 오랫동안 보고 싶었거든요. 그 사람들.

물어뜯긴 손톱

———

몽땅연필처럼 닳아버린 손톱으로 국화의 줄기를 긁어 대던 사내는 비석 위에 국화를 내려놓았다.

나무에 나이테가 있듯, 사람의 인생은 그 손톱이 나타 낸다. 그래서 언제나 사내의 손톱은 닳아버린 몽땅연필같 이 뭉툭하고 날이 죽어있었다. 하지만 그날만큼은 사내의 손톱엔 날이 날카롭게 세워져 있었다. 그것으로 긁은 국 화의 줄기에서 퍼런 눈물이 흐른다. 사내에게 있어, 할머 니의 침묵은 그런 존재였다.

한껏 닳아버린 삶에 빈틈이 생기는 것. 단단하게만 느 껴졌던 아버지의 삶의 일부분이 뜯겨나가는 것. 톱날 같 은 당신의 손톱이, 그날의 불안함을 말해줬다. 아버지의 입술에는 굳은 피가 흐른다.

단단한 줄로만 알았던 당신의 삶에 하나둘 균열이 가기 시작했고 정신을 차려보니 당신 은 더 이상 기댈 수 없을 만큼 허름해져 있었다.

고작 소주병 하나 붙잡고 울었다

———

아빠가 가장 크게 운 날을 기억한다. 할머니 할아버지가 돌아가셨을 때에도 눈물 한 방울 흘리지 않고 꾹 참을 만큼 강인했던 그 사람이 언젠가 온 세상이 떠나갈 듯 울었다. 그렇게 크게 운다는 것이 고작해야 십오 센티 남짓한 소주병 하나 붙잡고 바보처럼 엉엉 울었다. 언제부터였을까. 아빠에게 그 작은 소주병 하나가 가족보다 제 속을 더 달래주었던 그때는, 가족보다 제 속을 알아주었던 그때는 언제부터였을까. 아빠의 마음을 이해하는 날이 오기라도 한다면 나는 무엇을 붙잡고 울어버려야 할까. 혹여나 당신이 또다시 바보처럼 울어야 할 때가 온다면 당신보다 훌쩍 커버린 나를 붙잡고 울어줬으면.

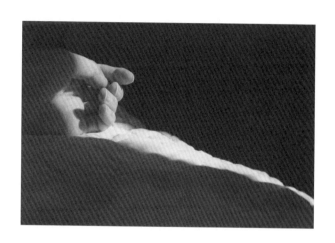

그렇게 평생 쌓아온 외로움과 서러움을 드러낸다는 것이 고작 알아듣지도 못하는 엉엉 소리 몇 분이 전부였다. 고작 엉엉 우는 소리 몇 분이 전부였다.

사과 끝
부분이

맛있는 줄
알았다

엄마는 나 삭제 안 할 거지?

————

　엄마, 나 오늘 갑작스럽게 핸드폰이 고장 나서 켜지질 않는 거야. 그래서 어땠냐고? 연락처 메모장 그리고 사진들이 한순간 삭제됐지 뭐야. 아… 슬퍼. 애지중지 모은 것들인데, 결국 내가 붙잡지 않으면 나에게서 영원히 사라질 것들이었어. 그래도 괜찮아 걔들 잘못 아니야. 간직하지 못한 내 잘못이지.

　근데 엄마 있잖아, 내가 삭제돼도 엄마는 내 곁에 있어줄 거지? 그치? 엄마는 나 붙잡고 안 놔줄 거지? 그렇지 엄마? 아니라도 그렇다고 말해줘.

당신의 몸처럼

거울은 빛을 일부 흡수합니다. 이 때문에 거울에 여러
번 반사를 거치게 되면 빛이 조금씩 약해지게 되죠. 완전
히 되돌려지는 사랑은 없기에 우리의 삶에는 약해지는 것
들이 무수히 존재한다는 말입니다. 당신의 몸처럼, 사랑
하는 어머니.

"엄마가 열심히 건강 챙겨야지. 그래야 네 고생이 덜하지" 엄마의 말에 나는 아무것도
해줄 수 없었다. 되돌려 줄 수 없었다.

이기적인 사람

―――

　나는 이기적인 사람이라서 여인의 청춘을 싹둑 잘라버렸다고 생각하지 않을 것이다. 여인은 웃고 있다. 사랑이 그렇잖아. 그 사람을 위해 희생한 모든 것이 부질없다고 해도, 행복한 시간이었다 말해야 하잖아. 그것이 비록 쓸모없는 짓들이라 하더라도, 행복했던 시간까지 죄다 쓰레기통으로 처박아둘 순 없잖아. 그래서 우린, 비록 슬픈 이별이라도 행복했더라고 말해야 하잖아.

　그러곤 이기적인 나는 생각했다. 엄마의 젊음이 나 때문에 웃을 일 참 많았더라고 믿고 나아가야지. 그렇지 엄마? 그래야지 엄마의 시간이 헛되지 않은 거잖아. 엄마, 그렇다고 해주면 안 돼? 비록 마음은 아니라고 해도 내 말이 맞는다고 고개 끄덕여주면 안 돼?

나는 그렇게 엄마의 지나간 시간들을 붙잡고 물었다.

답답한
것이
아니라
따뜻함
이었네

나가보니
밖은
얼음장
이라며

벽

———

"나와 아버지의 관계에는 평소에는 느끼지 못했던 먹먹한 사이가 존재했어. 그래서 다가가려면 어떠한 불편함을 느끼곤 했지. 호흡이 가빠진다거나 혹은 말을 더듬는다거나, 끝말을 흐린다거나 그런….""

"어떠한 사이가 있다는 것은 두 사람의 관계에 울림이 있다는 말이잖아."

그녀는 내 의자와 그녀가 앉고 있는 의자의 밑동 사이 간격을 좁히며 나의 말을 끊었다. 메아리도 그만한 사이가 있어야 다시 돌아오는 거잖아. 그것이 무엇이 되었든 사이가 있다는 사실 하나만으로, 그것만으로 충분하잖아. 그녀의 의자는 날카로운 소음을 내며 내 의자와 일직선을 이룰 정도로 가까워졌다.

"방금 의자가 끌리는 소리 들었어요? 전혀 울림이 없어. 그것이 사이가 없는 관계에서 나오는 온갖 불편한 소리들이라는 거예요. 내 의자 밑동과 바닥이 완전히 만남으로 아무런 사이가 없는 관계에서 나오는 불편한 주파

수랄까. 봐봐, 지금 당신 의자랑 내 의자가 완벽히 만났잖아. 의자와 의자의 관계에 아무런 사이가 존재하지 않는 것. 마치 지평선을 보는 것 같은 일직선들. 나는 그것들을 전부 벽이라고 불러."

나는 의자를 한 발자국 뒤로 뺀 다음 나와 그녀가 앉고 있는 의자 간의 사이를 만들었다.

"맞아, 당신 말이 맞아. 근데 왜 하필 두 의자가 완벽히 만나게 될 즘에 벽이 생기는 걸까? 사실 답은 우리가 알아. 그것은 내가 아버지와 완벽히 하나가 될 수 있을 때쯤 벽이 생겼던 것과 같지. 아니, 그 반대와 가까울까. 벽이 생기고 나서야 비로소 아버지와 나는 하나가 될 정도로 가까워졌지. 어젠 아버지의 웃고 있는 흑백사진에 대고 평생 하지 못했던 사랑한다는 말을 여러 번 하고 왔어. 그리고 메아리는 울리지 않았지. 아버지와 나는 벽이 생기고 비로소에야 가까워질 수 있었던 거야. 맞아, 그래서 내가 뱉은 사랑한다는 말에는 메아리가 울리지 않았지. 울릴 수가 없었지."

사랑해요. 사랑해요 아버지. 그리고 메아리는 울리지 않았다.

나는 엄마를 몰랐다

———

    천하장사인 줄 알았다. 우는 법을 모르는 줄 알았다. 아침잠이 없는 줄 알았다. 어디서 허리 굽히지 않는 줄 알았다. 사과 끝부분이 맛있는 줄 알았다. 병원에 잘 가지 않는 줄 알았다. 언제나 건강할 줄 알았다. 사랑한다며 차가운 손 잡아주니 뜨거운 눈물 흘릴 줄 몰랐다.

띄어쓰기 없는 문자

빈틈없이 누군갈 생각한다는 것을 떠올려 봅니다. 가령, 부모님의 띄어쓰기가 거의 없는 문자처럼. "사랑하는우리아들 밥은잘먹고다녀?" 같은. 어쩌면 나는 그런 것들을 보며 빈틈없이 안정감을 느끼곤 합니다. 그리고 나도 빈틈없이 누군가를 생각해 줍니다. 빈틈없이 안정되길 바라는 마음으로. 빈틈없이 행복했으면 하는 바램으로. "응엄마는? 밥먹었어?" 이렇게.

엄마는 아까먹었지 이번에집오면 아들좋아하는수육해줄게

잡을 뻔했던
기회를
놓쳤다고
너무
아쉬워 마라

잡을 뻔했다면
그건
처음부터
네 것이
아니었으니까

일 인분의 마음

———

　고작 일 인분의 마음. 음식점에 들려 메뉴판을 보고 먹고 싶은 메뉴를 고르려다 보니 주문은 이 인분부터라는 문구가 쓰여있다. 특히나 고깃집같이 한 명의 손님보다 두 명 이상의 손님이 대부분을 차지하는 음식점 같은 경우는 기본 메뉴부터 이 인분 이상을 요구하는 경우가 많다.

　생각했다. 내가 메뉴판을 보고도 사랑을 떠올리는 것을 보면 이번에도 어김없이 외로운 겨울이 오긴 오나 보다. 매번 허기진 마음을 채울 따뜻한 것이 그리워 안으로 들어가 보지만 나는 누군가를 사랑할 수 있을 것만 같은 고작 일 인분의 마음이었다. 나에겐 고작 한 명을 사랑할 수 있을 것만 같은 마음 또는 누군가에게 사랑받을 수 있을 것만 같은 마음뿐이었다.

　사랑이라는 메뉴 밑에는 늘 적혀있는 문구가 있었다.
　'이 인분부터 주문이 가능합니다'

　사랑이라는 감정은 '우리'라는 정의의 두 명 이상이 함께하는 감정이었고 덕에 고작 일 인분 정도의 마음으로는 그것을 맛볼 기회가 오지 못했다.

사랑은 동시에 나와 당신을 사랑해야 하는 것이었기에. 그래야 폭식 하나 없어 더부룩하지 않은 사랑을 할 수 있었기에. 고작 일 인분의 마음에게 사랑을 대접하기엔 너무 많은 감정 낭비가 있을 것을 알기에.

나의 마음은 늘 겨울이었고 따뜻한 음식점을 찾아 거리를 배회하기 바빴다. 이 허기진 마음을 누구와 나눌 수 있을까 하고.

정리해야만 하는 사연

———

　책상 정리, 방 정리할 때도 이건 버리고 저건 언제 쓰일 것이며, 공간을 얼마큼 차지하고 이 물건은 여기엔 어울리지 않고, 고민할 것이 이만저만이 아닌데 사람 관계라고 정리하기 쉬울 리가 있나요. 어디 세상에 휙 하고 정리할 수 있는 관계가 있을까요.

　힘들지만 소중하고 아쉬운 만큼 고이 정리하고 간직해야 할 그런 관계가 있죠. 대부분의 사람은 그런 슬픈 사연들을 부둥켜안고 살아가죠. 억지로 정리해야만 하는 그런 슬픈 사연 말입니다.

초침

내 시계 안의 시침과 분침, 그리고 초침이 만나는 짧은 한순간이 탄생하기 위해서 초침은 60바퀴를, 분침은 한 바퀴를, 시침은 1/60바퀴를 움직입니다. 여기서 가장 중요한 것은 가장 바쁘게 발버둥 친 초침이 멈추는 순간 모든 것이 무너져 내린다는 것이죠.

아등바등 살아가는 하루. 나에게 주어진 기회와 운 그리고 노력이 만나는 한순간을 위해선, 내가 멈추지 말아야 합니다.

내가 멈추면 모든 것이 무너져 내립니다. 비록 시계처럼 앞으로 얼마큼 남았는지 확실히 보이진 않아도 기억했으면 합니다. 당신은 달리고 있고, 멈추지만 마라. 그걸로 되었다.

꾸준히 달리고 있는 당신. 그것으로 되었다.

늘 잘하진
못해도

잘하는 건
늘 있었다

자책하지 말았으면 좋겠다

—

학창시절에 이런 이야기를 많이 들었다. 공부가 어렵다, 어렵다 말하면 선생님 또는 어른들은 우리 때는 뭐가 어땠고, 뭐가 더 있었는데 범위는 어땠고, 어땠고. 장황하게 설명해가며 결론은 겨우 그 정도 가지고 엄살 피우지 말라는 소리.

좁은 우물에 갇힌 생각 아닌가. 물론 세상이 편해진 건 사실이지만 세상이 편해졌지, 결코 네가 편해진 건 아니다. 그때는 그때이고 지금은 지금이다. 경기가 어려웠던 옛날에야 흰쌀밥과 잡채가 잔치 음식이었지만, 지금은 스테이크나 랍스터가 잔치 음식이다. 지금 생각하면 어릴 때 했던 걱정은 참 별것 아니지만, 그 시절엔 가슴이 하얗게 질릴 정도로 무서운 걱정이었다. 이렇듯 행복과 고난 고민 걱정 따위의 감정들은 상대적이고 시대의 흐름을 잘 타게 되어있다.

"엄살 피우지 마라."라는 말을 내뱉은 그 누군가는 일제강점기도 겪지 않고 학창시절에 공부했던 상황이 어렵다고 말하는 것인가? 보리밥은커녕 먹을 것이 없어 소나무 껍질을 먹던 시대도 있었는데, 보리밥을 먹는다고 투덜투덜했던 것인가? 그렇게 친다면, 그 사람들 또한 엄청난 엄살을 피우고 살아온 것이다.

그러니 누군가 쉽게 뱉은 말 따위에 약해지지 마라. 누군가 "나는 말이야." 혹은 "나 때는 말이야."라며 당신의 힘듦을 잡초 취급한다면 그 말은 한 귀로도 듣지 말고 그냥 흘려버려라. 고막에 닿을 가치조차 없다.

당신은 분명 힘든 상황을 겪고 있다. 그리고 그 상황을 잘 버티고 있다. 아무것도 아닌 것을 버티고 있는 사람이 아니라 당신이 살고 있는 시대와 상황에 맞게 최적화되어 따라온 고난과 걱정을 잘 버티고 있는 것이다.

이제 그런 말 따위에 무너지지도, 흔들리지도 말았으면 좋겠다. 자기 자신을 낮추라는 뜻과 자책은 확실하게 다르니까. 나는 당신이 자신을 낮추되 자책하지는 말았으면 좋겠다.

아무것도 아닌 일은 없습니다. 정말 힘들었지만 잘 버티고 있습니다. 그리고 그것은 그만큼 힘들만한 가치가 있는 일일 것입니다.

죽은 나무가 아니다

———

열매 맺지 못한다고 죽은 나무가 아니다. 탐스러운 열매를 맺는다고 좋은 나무 또한 아니다. 어떤 풍랑에도 흔들릴지언정 꺾이지 않는 그런 나무가 참된 나무이다. 너의 수고들은 너를 깊숙이 지탱해줄 뿌리이며 너는 꺾이지 않으면 된다.

열매 맺지 못한다고 자신을 죽은 나무라 칭하지 말 것. 맺은 열매가 탐스럽다며 과시하지 말 것.

불안함을 불안해하지 마

애, 불안함을 너무 불안해하지 마. 다른 것이 아니라 남다른 것이야. 아직 아무것도 하지 못했다는 건, 너에게 그만큼 도전할 기회가 있다는 거야. 덜 익었다 생각이 드는 건, 그만큼 너의 생각이 익어간다는 증거야. 부모님 생각에 한숨이 나온다는 건, 그 한숨의 깊이만큼 어른이 된다는 거야.

그러니 너무 불안해하지 마. 전부 잘 되진 않겠지만 전부 잘 되어가고 있으니까, 그러니까. 불안함을 불안해하지 말길 바래.

불안하다는 것은 그만큼 소중한 무언가를 품고 나아간다는 것이니까.

요즘
힘들어
보인다

괜찮아?
무슨 일
있어?

깎아내지 마세요

———

혼자 살다 보면 과일을 먹고 싶은데 껍질을 깎는 것이 영 서투를 때가 있습니다. 어느 날엔 내가 깎은 사과를 접시에 담으며 생각했습니다. 껍질을 깎는 과정에서 사과 속이 한 뭉텅이 한 뭉텅이 함께 깎아내려진 것 같다고. 원래 있던 사과보다 아주 작아진 사과를 한 점 입에 넣게 되었습니다.

어쩌면 우리는 이 사과처럼 깎아내리는 과정을 반복하면서 자꾸만 작아지는 것 아닐까 합니다. 우리는 전부 서툴게 자신을 깎아내고 있습니다. 삐뚤빼뚤하게, 자존감을 한 뭉텅이 파먹으면서. 남을 바라보며 깎아내기도 하고, 한심하게 생각되는 자신을 보며 깎아내립니다. 그러다 보니 나는 원래 수박같이 큰 사람이었는데, 시간이 가면 갈수록 사과처럼 작은 사람이 됩니다. 그래서 남에게 나를 대접할 때에도 작은 나를 대접하게 됩니다. 그러면서 예민하지 않을 말에도 괜히 피해 의식이 생겨 발끈하고 스트레스를 받으며 자연스럽게 겁도 많아집니다. 괜히 나를 숨기려 들고, 그럴수록 주변인들의 반응은 냉담해집니다.

좋지 않은 생각과, 영향의 연속이 되는 것이죠.

이러한 반복을 끊기 위해 무작정 자신감만 가지자는 말은 아닙니다. 어느 정도의 긴장이나 새로운 다짐 같은 것들은 필요하겠죠. 스스로에게 채찍도 내릴 줄 알아야 하겠죠. 하지만, 방법과 빈도에 잘못된 점이 있는 것은 아닐까 합니다. 너무 서툴렀던 건 아닐까 합니다.

나는 굳이 깎아내지 않아도 먹을 만한 사람입니다. 굳이 칼을 들어 나를 자르고 벗겨내지 않아도 괜찮은 사람입니다. 조금 생채기가 있는 면이 있더라도, 나름대로 맛좋은 사람입니다. 그러니 굳이 남과 비교해서 나를 깎아내릴 이유도 필요도 없습니다. 세상에 잣대에 맞춰 스스로를 깎아내릴 이유도 필요도 없습니다. 어떤 일이 잘되지 않아서 혹은 시련을 겪고 있다고 해서 내가 작아지는 선택을 하지 않았으면 합니다.

단지, 당신과 나는 부드러운 손길로 닦아주기만 하더라도 괜찮은 사람입니다. 보기보다 싱그러운 사람입니다. 설령 그렇지 않다고 하더라도, 이러한 생각들이 괜찮은 사람이 되는 비결이 될 수 있습니다. 자신을 작은 사람으로 만들지 마세요. 당신은 당신 생각보다 크고 건실한 사람이었으니까요.

거인으로 살아가

남과 비교할 게 뭐 있어. 오늘은 너의 인생에서 가장 오래 산 시점이야. 가장 많은 지혜를 가졌고, 가장 많은 경험을 했으며, 가장 많은 사랑을 받아온 결과가 오늘이잖아. 넌 언제나 어제보다 나은 오늘을 달리고 있잖아. 어제보다 오늘 더 스스로를 뛰어넘고 있잖아.

그러니 친구야, 난 네가 난쟁이가 아닌 거인으로 살았으면 좋겠어. 남보다 작은 난쟁이가 아니라 어제의 너보다 오늘 더 큰 거인으로 살아갔으면 좋겠어. 난 네가 그렇게 어깨 펴고 살아갔으면 좋겠다 친구야.

물음의 위로

"요즘 힘들어 보인다. 괜찮아?" "무슨 일 있어?"

별거 없는 한마디 물음에 주저앉아 엉엉 울 것 같은 때가
있다. 이 짧은 몇 마디 문장에 쉽게 힘이 풀려버리는 순간과,
사람들을 두고 생각한다. 우리는 물음과 위로에 목마른 사
람들 아닐까. 어쩌면 우리들은 전부 지친 마음을 짊어지고
아무런 위로 없이 나아가는 마음의 가장이 아닐까 하고.

주변으로부터 나오는 위로의 부재. 또 나 자신으로부터
나오는 위로의 부재. 그럼에도 인생을 마라톤으로 생각하고,
끝없이 숨을 허덕이는 사람들이 있다. 자신에게 물 한 모금
허용하지 못하고. 또 진심 어린 물 한 모금 받아보지 못하고.

삶은 마라톤에 자주 비유되지만, 사실 삶은 마라톤과는
엄연히 다르다. 삶에 결승점은 정해져 있지 않으며, 고통에
익숙해지는 사점의 구간에 이르지도 않는다. 또 도착시각으
로 순위를 매기지 못한다. 끝이 정해져 있지 않기에 순서가
없으며, 익숙해지지 않는 것이다.

고작해야 몇 글자인 짧은 물음이 마음에 파고들어와 흐

느끼는 이유는, 우린 모두 위로에 목마른 사람들이기 때문이다. 그래서 인터넷을 뒤적거리며 나를 위로해줄 문장을 찾는다. 잘 살고 있는 친구의 소식을 들으며 부러워하고, 잘 살지 못하는 친구의 소식을 들으며 나를 안심시키기도 한다.

장황하지 않은, 아주 간단한 물음으로 스스로에게 단비가 될 위로를 하지 못했기 때문에. 듣지 못했기 때문에. 다른 대체재를 찾아 헤매는 것이다.

그런 것들, 잠시 그만두어보자. 오늘만큼은 마음을 똑바로 바라보며 물어보자. 스스로에게 묻는다. 괜찮아? 무슨 일 있어? 아니 그거 말고. 정말 괜찮아? 잘 되고 있어? 아니, 잘 하고 있어? 아니, 그것보다 정말 너 잘 살고 있어? 괜찮은 거지? 아니라고? 그런데 왜 아직도 그렇게 힘주고 있어. 잠시 놓는다고 해서 누가 널 해치기라도 한데? 아니잖아. 괜찮지 않다고 생각이 든다면 꼭 물어보는 거야. 그리고 결정하는 거야. 어느 것이든. 나아가든, 잠시 멈춰 서든. 스스로 물어볼 자신이 없다면 내가 물어봐 줄 테니까. 걱정하지 말고.

그래서 너는 요즘 잘 되고 있어? 아니 잘하고 있어?

아니. 잘 살고 있어?

요즘 힘들어 보인다. 괜찮아? 무슨 일 있어?

넌 오늘
정말 잘했다
실수하지
않아서가
아니라
포기하지
않아서

뒤처지지
않아서가
아니라
멈춰 서지
않아서

너만 무너지지 않는다면

———

　살아가다 보면 열심히 쌓아온 탑이 나의 실수로 우르르 무너지기도 하고 차근차근 쌓아온 모래성이 누군가에 의해 한순간 무너지기도 하지. 그럴 때 네가 잊지 말아야 할 것은 단 하나야. 그런 것쯤, 당신 하나만 무너지지 않으면 언제든 다시 쌓을 수 있다는 것.

어둠과 그림자

———

"삶을 살다 보니 밤에도 내 그림자가 보일 때가 있구나."

한참 학업에 스트레스가 이만저만이 아니면서 자존감이 낮아졌을 때에 할머니가 밤길을 산책하며 해주었던 말이 있다.

예전에는 밤이면 가로등이고 뭐고 하나도 없어서 눈여겨봐야 옅은 그림자가 보일까 말까 했는데 요즘엔 어두운 밤에도 밝은 것들이 참 많아서 그림자가 너무 잘 보인다고.

나는 제법 환한 밤거리를 걸으며 그게 무슨 뜻이냐고 물었다.

할머니는 답해주었다. 삶을 살아보니 낮처럼 화창한 때가 있고, 밤처럼 어둑한 때가 있다고. 밝을 때엔 앞을 보느라 바빠서 발끝을 보는 일이 적지만, 어두울 때에는 행여 넘어질까 고개를 숙여 밑을 보는 일이 많다고. 근데 이젠 어두운 밤이 이처럼 환하니 괜히 고개를 숙이면 내 선명한 그림자가 눈에 밟히게 된다고.

"애야 생에 어두운 시기가 온다면, 그 어둠에 몸을 맡기고 헤쳐나가렴. 밝을 때처럼 앞만 바라보고. 그렇게 넘어지기도 하고. 무릎이 까지기도 하면서."

어두운 시기에 넘어지는 게 무서워 밝은 것들을 가져오게 되는 순간 나 자신의 안 좋은 그림자가 선명히 나타나게 된다고. 우리 애기는 세상에서 가장 똑 부러지지만 잠시 어두운 시기일 뿐 아니겠냐고. 어두운 시기에 빛이 나는 것 같은 다른 이들과 비교하게 되는 순간 나의 단점만 보이는 거라고. 아니, 자신을 따라다니는 그림자는 늘 있었지만, 그것을 보게 되는 때는 어두운 시기일 때가 많다고.

"힘들지? 곧 해가 뜰 거야. 그때까지만 참으렴."

글쎄, 그땐 무슨 말인지 잘 몰랐지만, 요즘에서야 그 말을 실감한다. 살아온 삶만큼이나 지혜가 쌓인다는 것과 함께.

질 수도 있는 거지

———

　사람들은 누구나 놀이에 빠지기 마련이다. 아이들은 인형 놀이에 빠지거나, 장난감 놀이에 빠진다. 한창 어릴 때에는 오락실에 하루마다 출석하는 아이들이 참 많기도 했다. 꼭 어린아이가 아니더라도 누구나 놀이에 빠진다. 그래서 누군가는 온종일 컴퓨터를 붙잡고 게임을 하기도 한다. 그런 것들을 보며 생각한다. 우리는 왜 우리의 현실을 피해 다른 것에 미치려 하는 것일까. 생각해보면 간단했다. 내가 살고 있는 삶에 비해 가상의 세계는 너무 재미있다. 적당한 긴장감도 있고, 위로가 되기도 한다. 승리를 맛볼 수 있고, 성장하는 것이 두 눈으로 보이기도 한다. 하지만 이보다도 사람들이 놀이에 환호하는 본질적인 이유는 다른 것에 있다. 져도 괜찮거나, 지고 이기고가 없다. 쓰러지면 쉽게 다시 할 수 있거나, 쓰러질 일이 없다.

　사실 즐거운 삶이라는 것은 우리의 생각보다 간단할 수도 있다. 삶을 재미있는 놀이처럼 생각하면 된다. 무슨 말 같지도 않은 말이냐 답할 수 있겠지만, 나는 생각한다. 삶을 꼭 놀이처럼 즐기려면 삶이 흥미진진 한다거나, 삶이 현실과는 동떨어져야 한다는 비현실적인 이유보다도 스스로의 생각 차이에 달려있다고.

져도 괜찮다고 조금은 가볍게 생각하면 꽉 막혀있던 숨통이 트인다. 지고 이기는 것이 없다 생각하면 시기도 질투도 많이 사라진다. 그러면서 배 아플 일이 없다. 쓰러져도 다시 일어날 수 있다 생각하면 부담이 덜어진다. 쓰러지는 것이 당연할 수도 있다고 생각하면, 과감해지고 용감해진다. 우습게도 이 모든 가벼운 생각 뒤에는 긍정적인 것들만 따라오게 되어있다. 숨통이 트이고 시기가 없으며 부담이 덜어지고 과감하게 되며 그에 따라 용감해진다.

게임을 즐길 수 있는 이유는 게임에서 죽는다 해도 내가 죽을 일은 없다는 것을 알기 때문이다. 놀이에서 진다고 해도 내 삶이 실제로 지는 것은 아니기 때문이다.

내가 꼬마였던 때로 돌아가 본다. 한 달 용돈을 모아 오락실에서 주머니 한가득 들고 간 동전이 겨우 하나 남았을 때에, 나는 죽지 않기 위해 긴장했고 스트레스를 받았다. 비록 게임이더라도 마지막인 만큼 절대 질 수 없다는 생각이 들었기 때문이었다. 놀이라고 하더라도 이렇게 승패에 집착하거나 물러설 수 없다는 생각을 가지면, 그 나름대로 스트레스와 심리적 압박을 받게 된다. 그러니 삶은 어떻겠는가. 당신이 승리에 연연하며 집착할수록 삶은 버거워지고 스트레스를 받게 된다. 이번이 마지막이라고 생각할수록 당신은 마지막 남은 힘까지 쏟아붓게 되어있다.

당신은, 스스로가 그려온 당신보다 약하다. 허나 그것이 빈약하다는 말은 아니다. 단지, 당신은 약하기 때문에 언제나 질 수 있다. 누구와 비교해서 질 수 있고, 누구와 비교하지 않더라도 스스로가 스스로에게 져서 무너질 수 있다. 하지만 어떤가? 당신은, 스스로가 그려온 당신보다 강하다. 꼭 이번만이 끝은 아니다. 언제나 다시 이길 수 있고, 언젠가 다시 일어설 수 있다. 시련은 언제나 나에게 있을 것이고, 나는 또 그 시련을 언제나 그랬듯 헤쳐나갈 것이다.

그러니 마음을 조금 더 가볍게 생각하자. 흐르는 것으로 생각하자. 놀이를 하듯, 가벼운 마음과 풀어진 어깨를 가지고. 하지만 시선만큼은 피하지 않으며, 똑바로 마주하고. 무겁게 생각할수록 우리의 삶은 무거워지는 법이니까.

"져도 괜찮아. 이번만큼은 질 수도 있는 거지. 다시 시작해볼까?"

당신은 약해서 언제든 질 수 있지만, 또한 강해서 언제든 다시 일어날 수 있다. 그러니 조금 더 가볍게 생각하자.

괜찮다

다
괜찮다

사랑받으려고 노력하라

왜 미움받지 않으려고 노력하는가. 널 놓치기 위해 갖
가지 애를 쓰는 사람에게 더는 다가가지 마. 너를 놓치지
않기 위해 노력하는 사람에게 다가가는 시간만으로도 참
짧은 인생이야. 이제는 사랑받으려고 노력하는 사람이 되
어야지. 미움받지 않기보다, 진실한 사랑 그거 하나 받아
가며 살아가기 위해 노력하는 사람이 되어야지.

나에게 보내는 메시지

———

　가끔씩 할 일이 없을 땐 메신저를 세세히 구경하고 다닙니다. 어떤 사람이 잘 지내고 있나 프로필을 구경하고, 비교적 오래된 대화방을 찾아보기도 합니다. 그러다 오늘은 뜬금없이 나에게 보낸 메시지 창에 들어갔습니다. 그동안 까먹지 말아야 할 것들을 기록해놓는 메모장으로 쓰이고 있었습니다. 그러기에 그렇게 많은 대화가 오가지는 않았습니다. 간단히 사야 할 생필품부터 찜해뒀던 옷. 또 들러야 할 곳. 해야 할 일들. 대부분 문장이 아닌 단어들로 가득 차 있었습니다. 누군가 본다면 이해하기 어려운 정도로, 나만 알아볼 수 있게끔 말이죠.

　그런, 나에게 보낸 메시지 함을 보며 생각했습니다. 타인과의 메시지로는 참 많은 생각과 위로를 주고받았지만, 자신에게 보낸 것은 고작 기록과 메모 정도인 걸 보면 난 스스로를 참 챙겨주지 못했나 하고. 방치하고 있던 건 아닌가 하고 말이죠. 물론 정말 자신과의 메시지 함에 대화나 응원 따위가 없었다고 해서, 꼭 그것이 나를 방치하고 살았다거나 나에게 위로 한마디 건네주지 못한 무관심한 사람이란 뜻은 아닙니다. 하지만 하루를 살아가는 것이 아닌 버티고 있는 삶을 이어가는 요즘, 문득 그런 생각이 들었나 봅니다. 남에게 해줬던 위로, 스스로에게 해준 적이 없었구나 이런 생각 말입니다.

예전에는 무엇이 잘못되면 남 탓, 잘되면 내 탓일 때가 참 많았는데 요즘은 무슨 일인지 잘못되면 내 탓, 잘되면 남 탓을 하게 됩니다. 스스로에게 질타하는 시간이 잦아들고, 남들과 비교를 무던히 해온 탓이겠지요. 그런 것들로 인해 자존감을 좀먹이고 있던 건 아닌지 모르겠습니다. 오늘은 뜬금없더라도 나에게 보낸 메시지 함에 아무도 알아보지 못할 메모가 아닌, 누구나 한 번 보면 알아볼 법한 문장들을 몇 개 남겨 주었습니다.

"잘하고 있어."
"잘 될 거야."
"요즘 힘들었지? 곧 괜찮아질 거야."
"언제나 응원해. 나는 널 믿어."
"사랑한다."

따위의. 짧지만 그 어떤 말보다 깊게 생각했고 또 오랜 시간이 걸렸습니다. 활자 하나하나를 적어가며 이런 생각이 들었습니다. 내가 이런다고 달라질 게 있을까? 정말 힘이 날까? 또 그러면서 한편으로 생각을 합니다. 이 세상에

아니, 이 우주에 나를 응원해주는 사람이 단 한 명이라도
있으니까 곧, 괜찮아지지 않겠냐고 말이죠. 나를 가장 잘
아는 사람이, 나랑 가장 가까운 사람이 이렇게 나를 응원
하고 있다고 말이죠.

가끔은 다른 사람들을 살펴보듯, 나를 살펴봐야겠습니다. 잘살고 있는지, 아픈 곳은 없는
지, 상한 곳은 없는지. 정말 괜찮은 것인지.

버려진 사랑도 사랑이다

———

　버려진 책도 책이다. 버려진 이야기도 이야기이다. 버려진 꽃도 꽃이고 아직 피어나지 못한 꽃도 꽃이다. 하물며 버려진 사랑이라고, 피어나지 못한 사랑이라고 사랑이라 부르지 못할까. 사랑이라 불릴 수 없을까.

사람은 가끔 다 읽히지 않았거나, 피어나지 못했거나, 버려진 것들에 대하여 다른 관점으로 바라봅니다. 꼭 그렇게라도 된다면 쓸모없는 것처럼 취급하거나, 단어 앞에 부정적인 접두사를 붙이기도 합니다. 하지만 그래도 괜찮습니다. 버려진 책도 그대로의 책이고 버려진 이야기도 그대로의 이야기이며 피어나지 못한 꽃도 그대로의 꽃이며 피어나지 못한 사랑이라도 그 말 그대로 사랑일 것입니다.

답장은 괜찮습니다

어제는 잘 잤느냐고 긴 밤에는 무슨 꿈을 꾸었느냐고 또 일어나서는 어떤 옷을 입고 나와서 무슨 음식을 먹었느냐고 또 그 작은 발로 어딜 그렇게 뛰어다니면서 어느 사람을 만나 어떤 힘듦을 겪었느냐고 물어볼 수 있는 그때의 나와 당신으로 돌아가게 된다면, 굳이 그것들을 물어보지 않으려고 합니다. 단지 말없이 꼬옥 안아주고 싶습니다.

나의 편지에는 참 많은 안부가 묻어있겠지만, 그저 말없이 꼬옥 안아주고 싶었을 뿐이었습니다.

내가 남겨놓은 글들이 그렇습니다. 읽힘으로써 당신의 거처 없는 새벽을 안아줄 수 있다면 굳이 당신에 대해 알아가지 못했더라도 나는 되었습니다.

편지를 부치고 이곳을 떠날 예정입니다. 그러니 답장은 괜찮습니다. 내가 쓴 편지. 좌절한 손목으로 허공을 맴돌 무채색의 삶을 적어서 보냅니다. 종착역이 없는 단어. 완벽하지 못한 문장과, 자국으로 채워진 마음들.

편지할게요 (러브레터 에디션)

1판 1쇄 발행 2017년 12월 25일
1판 4쇄 발행 2018년 07월 09일
2판 1쇄 발행 2018년 12월 12일
2판 3쇄 발행 2019년 08월 30일
3판 1쇄 발행 2019년 10월 22일
3판 1쇄 발행 2019년 11월 01일

지은이 | 정영욱
발행인 | 정영욱
기 획 | ㈜BOOKRUM
책임편집 | 정영욱
디자인 | 정영욱

발행처 | 부크럼 출판사

주 소 | 서울특별시 구로구 구로동 237 지하이시티 1813호
전 화 | 070-5138-9972
이메일 | editor@bookrum.co.kr
홈페이지 | www.bookrum.co.kr

ISBN : 979-11-6214-050-5

Copyright ⓒ 2019 by 정영욱